転生した男爵令嬢は、国王陛下の28人目の婚約者に選ばれました

陛下、今度の人生は溺愛されたいです

火崎　勇

✦

Illustration

なおやみか

転生した男爵令嬢は、国王陛下の28人目の婚約者に選ばれました
陛下、今度の人生は溺愛されたいです

contents

「愛しているからです」

わからないという顔をしている彼に向かって、私は微笑んだ。

「あなたを愛しているからです……」

さっきまで全身が燃えるように熱かったのに、心臓が一鼓動打つ度に体温が奪われてゆく。

皆もどうしたらいいのかわからなくて、私達を見ていた。

「だからこうしなければならなかった」

楽しかったのです、これでも。

あなたと一緒に過ごす時間は幸福だったのです。

だから、これ以上あなたを苦しめたくなかった。

「どうか聞いてください。私の最期の願いを……」

その日は、朝から雨が降っていた。

重苦しい空気の中、私は一人で着替えをした。

真っ黒なドレスと黒いチュールレースのついたヘッドドレス。

胸には母から譲り受けた黒い石のネックレス。

日本なら真珠だけれど、ここではこの黒い石が礼儀らしい。

葬儀の日の装いとして……。

階段を下りて広間へ行くと、男爵夫人の死だというのに、参列者は少なかった。

父は私を呼び、母が病床についてから突然訪ねてきた金髪の美しい青年を母の部屋へ通すように言った。

「彼を人目につかせるわけにはいかないのだよ」

何となく、それは察していた。

彼はいつも我が家を訪れる時にフードを被っていたし、使用人達にも会わせないようにしていたから。私も、あまり言葉を交わしたことがない。

ただ、彼がじっと私を見つめることがあるのには気づいていた。

「葬儀の間はそちらで。皆を帰したら話をしましょう」

そう言う父の言葉に、彼は涙を浮かべながら頷(うなず)いた。

彼を亡くなった母の部屋へ案内し、もう一度階下へ。

応接間に集まった人々と共に、外へ出る。

雨は、霧のような小雨になっていた。その中を黒い人々がぞろぞろと歩いてゆく。

我がロレス男爵家の墓所は少し離れたところにあるのだが、何故(なぜ)か父は母の墓を敷地の一角に設けた。亡くなっても離れたくなかったのか、他の理由があるのか、私にはわからない。

僅かな親戚と使用人、隣接する領地からは主の代理人。そして父と私。

父は母の墓に手を掛け、ポツリと呟(つぶや)いた。

「君は私だけの妻だ。それでいいだろう?」

傍らに立つ私以外には聞こえないような声で。

神父が祈りと葬送の言葉を終えると、人々が順番に墓の前に立ち、祈りを捧(ささ)げる。最期に私が手にしていた花輪を真新しい墓に供えた。

それが終わりの合図となり、皆がその場を立ち去ってゆく。

「リリアナ、行こう」

力無い声で私を呼んだ父と一緒に歩きだす。

私の黒いドレスは雨を吸って重たくなっている。レースの付いたヘッドドレスも、濡(ぬ)れて顔に張り付いてきて不快だったけれど、それを口に出す気にはなれなかった。

葬儀は何度やっても悲しい。

『最初』の時には涙を流す暇も無かったけれど、『二度目』の時にはハンカチがぐしゃぐしゃになるほど泣いたこともあった。

今回は、ただ静かに涙が頬を零れてゆくだけ。

屋敷の中には来客用に軽食とお茶が用意されていたが、人々は手を付けることもなくゆっくりする間もなく次々と帰路についた。

「お父様、ドレスが濡れたので着替えてきます」

「ああ、そうしなさい。身支度を調えたら、私の部屋に来るように」

「はい」

短いやり取りの後、私は部屋に戻ってドレスを着替えた。

ネックレスだけを残し、濃紺の飾りのないドレスに着替える。

濡れて重たくなった黒いドレスをメイドに渡し、そのまま父の部屋へ。

そこには、あの金髪の青年と向き合って座る父がいた。

「こちらへ」

呼ばれて父の隣に腰を下ろす。

どうして、この青年がいるのだろう?

親戚ではないと思うのだけれど。

もしかして、私の縁談？

母が亡くなり、子供は私一人だから、男爵家の跡取りは私が婿を取るか、親戚から養子を取ることになるのだろうとは思っていた。

けれど葬儀の日では早すぎるのではないだろうか？

「リリアナ。お前は今年で十五になるのだったね」

「はい、お父様。来年には社交界にデビューします」

「そうだな。もう立派な大人だ。だから、お前に真実を告げる日が来たと判断した」

「真実……、ですか？」

「そうだ」

父は項垂れていた顔を上げ、青年を見た。

私や母と同じ、金髪に紫の瞳を持つ美しい青年を。

「こちらの方は、隣国ケザルアの第一王子、アトモス・ロル・エフェス様だ」

王子……！　それは想像の範疇外だわ。

ケザルアと言えば、大国で、我が国マールとは友好関係にあるけれど、北の方では別の国と小競り合いを繰り返している。

王は好戦的で好色だという噂も聞いていた。

「……どうして王子殿下が我が家に」

まさか見初められたとか?

いいえ、彼はこの家には母に会いに来ていた。ということは母の縁者?

「ここからは私が話そう。あなたが口にすれば不敬になるだろうから。よろしいか、ロレス男爵」

「お心のままに」

隣国の王子と貧乏男爵では、年齢も何も関係なく王子の方が格上。父は従うしかないのだろう。

「落ち着いて聞いてくれ、リリアナ嬢。疑問があれば後で質問してかまわないから。亡くなられた君の母君は、私の母でもあった」

「え?」

そして彼は静かな声で話し始めた。

母は、この国の者ではなかった。

隣国ケザルアの公爵令嬢で、後に王妃となった人だった。だが、国王は迎えた王妃が男子を産むと、もう義務は果たしたというように愛妾を持ち始めた。

その中に、王の心を射止めた女性がいた。

王はその女性を正妃にしたくて、私の母に不貞ありということにして離縁した。

王妃の座にありながら不貞をはたらいた者が無事でいられるはずがない。それが言い掛かりだとわかっていても、母は実家に戻ることも許されず、国からも追い出された。

そんな母を引き取ったのが我が家の領内にある修道院だった。

そこで母と出会った父は一目で恋に落ち、身分も名も失った母を男爵夫人として迎えた。

「そして二人が結婚して七カ月目に産まれたのが君だ」

「……七カ月？」

私が問い返すと、アトモスは頷いた。

「早産だったのかもしれない。だが、君は私と両親を同じくした、ケザルアの王女かもしれない」

「そんな……！」

「君の髪も目の色も、私と同じだ。だが男爵とは違う」

父の髪は、赤毛に近い茶色で、瞳は青だった。でも母は私と同じ。

「母の遺伝というだけでは？」

「かもしれない。君が誰の子供かを証明する方法はない。最期の時に母にも尋ねたが、わからないと言われた」

「妊娠すれば女性は月のものが止まりますよね？　それでわかるのでは？」

「当時の母は言われなき罪を負わされて、ショックを受けていた。心に傷を負うと止まってしまう女性もいるらしい」

ストレスで生理が止まるということは確かにあるだろう。

「母が病に倒れ、回復の見込みが薄いとわかった時、男爵は密(ひそ)かに私に連絡してくれた。一度だけでも会って欲しいと。私は母が冤罪(えんざい)であることを知っている。だが母が追放された時には幼く、母の行方を知ることはできなかった。男爵の心遣いで最後に母子の時間が持てたことは大変ありがたいことだと感謝している」

アトモスは父に向かって頭を下げた。

穏やかな父は、隣国の王子に頭を下げられて困惑した顔をしていたが。

「ここで君に全てを話したのは、君の気持ちを聞きたかったからだ、リリアナ」

「私の、ですか？」

「もしも君が望むならば、私が父を説得しよう。君は父の娘で、ケザルアの王女なのだと。そして我が国に迎えたい。だがもし君がそれを望まないのであれば、このことは私達三人の胸のうちに収めておこう」

私が隣国の王女。

しかも母に不貞の罪を着せて追い出した暴君の娘。

「……お父様は、どうして欲しいのですか？」

父に尋ねると、父は微(かす)かに笑った。

「リリアナの望む通りに」

優しくて我を通さぬ父らしい言葉だ。

「私が決めてよいのでしたら、どうぞこのことは三人だけの秘密に」

「リリアナ」

アトモスが私の名を呼んだ。

「私はロレス男爵家の娘です。それ以外の何者でもありませんわ」

「王女になればここよりももっとよい暮らしが……」

「お話を聞く限り、ケザルアの国王陛下が私を娘と認めることは難しいでしょう。迎えられてもすぐに政治の道具としてどこかに嫁がされるかもしれません。王城内の権力争いに巻き込まれる可能性もあります。たとえ豪華な部屋で暮らし、美しいドレスを着ても、心の休まらない生活など望みません。私はここで、父を支えていきたいと思います」

きっぱりとした口調で断ると、アトモスは肩を落とした。

「そうか……、そうだな。君の言う通りだ。その方がいいのかもしれない。だが、リリアナが私と母を同じくする兄妹であることに変わりはない。それは忘れないで欲しい」

優しい言葉。

上辺だけでなく、心底そう思ってくれているのだろう。

「……はい」

私は父に目を向けた。

安堵(あんど)しているようにも見える悲しげな顔。

「お父様、私、色々なことがあり過ぎて……。失礼して部屋で休ませていただいてよろしいでしょうか？」

「ああ、もちろんだとも。こんな時にお前に話をするのもどうかと思ったのだが、殿下はすぐに戻らなくてはならなかったのだ」

それからアトモスに目を移す。

「お兄様、とお呼びすることはないのでしょうが、かようなご身分でありながら私を妹と呼んでくださったことを心より感謝いたします」

そして頭を下げると、立ち上がった。

逃げたと見られぬように、ゆっくりとした足取りで部屋を出て、扉の前で再び二人に深く頭を下げてから退室する。

もしかしたら隣国の王女かもしれない。

また面倒くさいことになったわ、と思いながら……。


私には、前世の記憶があった。

加えて、前々世の記憶も。

覚えている最初の人生で、私は公爵令嬢として皇帝の妃となった。

時代や文化はここととあまり変わらない。

結婚した皇帝は暴君で戦争狂。愛してはいたけれど、彼にこれ以上戦争で人殺しをして欲しくないと刺し違えて死んだ。

その記憶を持ったままの転生した二度目の人生はここよりずっと時代が進んだ二十世紀、とり敢えず『現代』としよう。その『現代』。私は貧しい家の娘として産まれた。

前世の記憶が、なんて口にするものだから子供の頃はイジメの対象だった。なのでこれは言ってはいけないことなのだと自覚し、以後二度と『前世』のことは言わないことにした。

今もその自戒は守っている。

優しいけれど月に何回かしか帰って来なかった父が交通事故で亡くなり、その時に母が正妻ではないことを知らされた。

父の本当の家庭から、母は随分と嫌がらせを受け、それまで住んでいたアパートを引き払って田舎に引っ越し、そこでも外から来た者として弾(はじ)かれると、母は私を置いて男と逃げた。

優しい人だったけれど、父が亡くなってからは毒親だった。男性がいなくては生きていけないタイプの人だったのだろう。

亡くなった父の母、つまり祖母が現状を知り、憐(あわ)れに思って高校までは出してくれて、大学を受ける時の保証人にもなってくれた。

ただもう大学の学費までは出してくれなかったので、奨学金のためにバイトを掛け持ちする忙しい日々だ。

恋愛なんかする暇もなかった。

前世の記憶があったので恋愛する気にもならなかった、というのが本当だろう。

あの頃は、何度も前世の夢を見ていたし。

大学を卒業してからはきままな一人暮らし、就職も何とか福祉関係の会社に潜り込めて平穏な生活を送っていたのだけれど……、三十歳を目前に死んでしまった。

死因は医療過誤だと思う。

思う、というのは入院の理由は子宮筋腫で、入院予定は一週間もなかったからだ。

でも、手術の麻酔で眠った私が目を覚ました時には、今の世界だった。

ロレス男爵家の一人娘、リリアナ・ロレス、それが今世の私だ。

隣国ケザルアと国境を接する辺境にあり、管理する土地は広いが領地は小さい。

どうしてそんな変な言い方をするかと言うと、我がロレス男爵家は代々王家の狩猟場である広大な王家の森と、男爵邸の隣に建つ狩猟の館(やかた)の管理を任されているからだ。

つまり、管理する土地の殆(ほとん)どは王家の森で、男爵家の領地は僅(わず)かなのだ。

もちろん管理費は貰(もら)っているが、王家が支払ってくれるにしては額が少ない。

しかも、近年は王族がここを訪れることもなかった。

今の王様は身体が弱く、狩猟など全くしないらしい。次代の王子に期待するしかないわね。

王家の所有物の管理を任されるだけあって家柄は悪くないのだが、忘れられた辺境の男爵家となれば財政は苦しい。

　貧乏男爵、と言われても仕方がないだろう。

　しかも、父はあまり社交的ではなかったので、通常貴族は大なり小なり王都に屋敷を持つものなのだが、ロレス家は屋敷を構えていなかった。

　今思うと、母のことがあるから、王都と距離を置きたかったのかも。

　けれど、前世、前々世と面倒な人生を送ってきた私としては、のんびりゆったりな辺境生活は歓迎すべきものだった。

　贅沢(ぜいたく)な暮らしはしなくても、両親は私を愛してくれたし、教育もしっかりしてくれた。

　王家の森での狩りや採取は許可されていないので、僅かな領地から収益を得るために前世の記憶を駆使してお金を稼ぐ方法も考えた。

　福祉関係の仕事をしていた時に訪れた老人ホームでやっていた自然石鹸(せっけん)などを作ってみた。

　木の灰から作った灰汁(あく)の上澄みとオイルを攪拌(かくはん)させればできる簡単なものから始め、香油を混ぜたり、型に流し込んで可愛いものを作ったりした。

　更にオイルを足して作るシャンプーバーも作ってみた。

　他にもこまごましたものを提案したけれど、いかんせん材料も技術も足りないので、大金持ちにはなれず、少し生活が潤う程度。

　ただその僅かな潤いで、お母様が病に倒れた時に充分な医療を与えることができた。

このまま、貧乏男爵の娘としてスローライフを送るのもいいな、と思ったところに飛び込んできたのが母の死と自分の出自だ。

前々世では高位貴族から帝妃だったので、王家のゴタゴタについてはよく理解している。

今の王妃を迎えるために前王妃を追い出した男が、自分の娘だと言われて外で生まれた子供を迎えるわけがない。

しかも、アトモスから話を聞いた後に調べてみたら、王子はアトモス一人だが、王女は三人もいた。

現王妃は男子を産んでいなかったのだ。

ただ、側妃には幼い男の子がいる。

現王妃は自分が側妃上がりなので、また乗り換えられることを恐れてか、この側妃と彼女の産んだ男の子は離宮で育てるように命じて城には上げないらしい。

表向きは、病などが流行(はや)った時を考えて二人の王子を同じ場所で生活させない方がいいと提言しているらしい。

大国で、女にだらしない王に、女の争い、継承問題の陰。戦争までの大事にはなっていないけれど他国と交戦中。

そこに次期国王の妹だけど王の娘であるかどうかわからない四人目の王女が現れたらどうなるか？

休戦のための人質、国内で王の地固めのための道具としての政略結婚。王室内での権力争いに巻き込まれて暗殺、等々ロクな結果を想像できない。

だからこのままそっとしておいて欲しかった。

はっきりとしたことではないなら、私はケザルアの王女でいるより、ロレス男爵令嬢でいる方が幸せなのだから。

アトモスもわかっているのだろう。

だから『王女になりたいか』と訊いてきたのは、あの時一度だけだった。

あの時、彼が私を妹と呼んでくれたことに嘘はなかった。

アトモスはあれ以来時間を見つけては我が家に足を運んでくれた。

母の墓参りのためでもあるが、母の話を聞くために。

「母上は幸福だったかい？」

「男爵は母を大切にしてくれていたんだね」

「私のことは知らされていなかったのかい？」

私はアトモスのことは聞かされていなかった。

けれど父は母から聞いていて、とても心配していたと話した。城を出される時に切り取ったアトモスの髪を一房持っていて、それは墓に一緒に入れてあげたとも。

過去を知る者がいるかもしれないから王都に出ることはしなかったが、地方には三人で旅行に行ったことも話していた。

父とアトモスは、距離は感じるものの仲よくしていると思う。

そして会話の中で我が家がさほど裕福ではないと気づいたのか、アトモスは、母にしてあげられなかったからと私に贈り物をするようになった。

最初は花、次に菓子。ここまではよかったのだけれど、ドレスや宝石まで贈られた時には分不相応だし、着けて行くところもないのだからと断った。

しょんぼりした彼の姿を見て、その代わり、珍しい植物の種や苗が欲しいと言うと、次からはそういうものを贈ってきた。

王女である三人の妹は、義母に似て気位が高く、贅沢好みだし、母親の影響で彼に近づこうとしないので、何でも話し合える私が可愛くて仕方ないらしい。

彼は、我が家を訪れる度に、一緒に乗馬を楽しんだり、私のガーデニングを楽しんだりするようになった。

取(と)り敢(あ)えず、頻繁に来るなら変装してと頼んだら、真っすぐな肩まである金色の髪は明るい茶色のカツラにし、この国では珍しい紫の瞳はメガネの下に隠された。

前世、前々世で家族運があまりよくなかった私にとって、遺(のこ)された父と新しい兄は新鮮で、ずっとこのまま平穏に暮らしてゆければいいな、と思っていた。

出生の秘密は面倒だったけれど、今の状態なら問題にはならないし、あとは男爵家の跡継ぎ問題だけを考えればいい。

母を愛していた父に再婚は難しいだろうから、やっぱり婿養子よね。でも私は結婚しないし、親戚からの養子かしら？

まあその選定はじっくり考えてからすればいいわ。

人生は長いもの。

けれど、新しい面倒は全く想像もしないところからやってきた……。


「王城から、手紙が届いた」

母が亡くなってから何年もの月日が過ぎ、この日々が永遠に続くだろうと思っていた頃、私は突然お父様の部屋に呼ばれた。

「王城から？」

母が生きていた時の病弱だった王は先年お亡くなりになり、今は新しい王が王位についている。が、この王も狩猟には興味がないようで、城から我が家に連絡が来ることなど全くなかった。

その王城からの手紙と聞いて、私はてっきり王族が狩猟に来るのかと思った。

「ではすぐに館の掃除を始めないと。経費は先払いにしてもらいたいと手紙を送られた方が……」

「そうではない」

お父様は大きなため息をついた。

「もしかして、森の管理の任を外されるとか？」

「違う。リリアナ、お前に王の婚約者候補として城に来るようにという命令だ」

「……は？」

思わず耳を疑った。

「でも、うちは男爵家ですよ？　家柄は古いし、先祖は王の侍従として仕えたこともあるかもしれませんが、今は来訪のない空っぽの館と森の管理しかしていないではないですか。しかも、さして裕福でもない」

「その通りだ」

「まさか……」

悪い予感がした。

「私の出自が王に知られた、とか？」

けれど予感はあっさり外れた。

「いや、それならば正式にケザルアの王女を求めるだろう。王女かどうかもわからないお前を求めることはないはずだ」

「そうですわね……。ではどうして？」

この土地で一生を終える予定だった私は、王都や王族について噂程度しか知らなかった。

社交界を避けていたお父様にしてもそうだろう。

「手紙の使者に聞いたのだが、王は既に二十七人の婚約者候補を城に迎えたらしい」

「二十七人？　その中から一人を選ぶにしても集め過ぎでは……」

「それも違う。二十七人は順番に城に呼ばれたのだ」

それこそわけがわからない。

「まさか……、陛下は二十七人全員にフラレたのですか？」

「王の申し出を断れる者がいるわけはないだろう」

「ですわね……。ではその二十七人の方々はどうなさったのです？」

お父様はさっきより更に深いため息をついて視線を落とすと、ポツリと答えた。

「亡くなられた」

「亡くなった……？」

「病気や自害で、城に上がってすぐに亡くなられたのだ。そのせいで公爵、侯爵家は縁談の辞退を申し出たり、慌てて娘を結婚させたりしているらしい。つまり、誰も二十八人目になりたくないということで、我が家に話が回ってきたらしい」

二十七人が死亡……。

「王が殺した、ということは……？」

「ないだろう。陛下が粗暴な方という話は聞かないし、令嬢が亡くなられた後には正式な婚約者としてきちんとした葬儀も出してあげているそうだ」

「断るわけには……」

「王命を？」

断ったら、お家断絶なんてことになってしまうかもしれないわね。

「どうしたらいいのか……」

病気、と偽って誰かが見舞いに来て嘘がバレたら反逆と言われるだろう。断っても同じ。

今すぐ結婚しようにも、結婚なんてする気がなかったから、お付き合いしている人もいない。社交界にも出ていないので、知り合いの男性もいない。

まして今から探しても、王に召される予定の貧乏男爵の娘を嫁にとりたいと言ってくれる人を見つけるのは難しいだろう。

「……答えは一つしかありませんわ」

「リリアナ」

「お話を受けて、王都へは向かいます」

「しかし、お前は美しいし、頭もいい。もし気に入られてしまったら……」

「大丈夫ですわ。男爵家の跡取りは私しかいないと言うことと、私には『あれ』がありますもの。きっとあちらから断ってくるに決まっています」

「リリアナ」

「候補ですもの、あちらも断り易いでしょうし。お迎えがいらっしゃることも決まっているのでしょう？」

「……一週間後だ」

「ではすぐに支度をします。私がいない間、屋敷のことを執事によく頼んでおかないと」

「リリアナ」

心配そうな父の顔。

「すぐに戻るつもりですが、もしその間にアトモスが来たら上手く説明してくださいね」

「それはそうするが……」

「嫌なことはさっさと済ませるに限ります。心配なさらないで。私は大丈夫ですわ」

気弱で優しいお父様を安心させるために、私はにっこりと微笑んだ。

こんなこと、何でもないわというように。

それにしても。

どうして皇帝とか王様とかってこう突拍子もない人が多いのかしら。

前々世の皇帝を思い出して、心の中では不安を覚えた。あの方は、命を軽んじる方だった。二十七人もの女性達はどうして亡くなったのかしら？

もしかして、外部には流れていないだけで本当は猟奇的な性格だったらどうしよう。

取り敢えず、私が目指すのは王妃の席ではなく、無事ここへ戻って来ることかも。

もしかしたら、女性が苦手な方というだけかもしれないし。

でもそれは女性が亡くなる理由にはならないか。

どうして、私の人生は何度生まれ変わっても面倒事が続くのかしら。

「呪われてるわ……」

お父様の部屋を出ると、私はポツリと呟いた。

何とかよい方法を考えないと、と思いながら。


屋敷のことは執事に任せた。

領地のことはお父様だけで何とかなるだろう。

経理は二年前に雇った管理官が上手く回している。

メイドや使用人は少数精鋭でちゃんとやってくれている。

私がちょっと留守にした程度では領地に支障はないだろう。

何せ辺境だからお付き合いも少ないし。

手紙では、城に部屋は用意されているが、身の回りの品を持って来るようにとあった。愛用品や、家族のミニチュアールなど、長く家を離れても安心できる品を、と。

けれど我が家には持ち出しするほど物がないので、着替えと化粧品ぐらいしか持って行くものはなかった。家族のミニチュアールはあるけれど、お母様の顔がわかるものを王城に持って行くのは危険だと思ったので荷物には入れなかった。

そうして一週間後、王城から立派な馬車が私を迎えにやってきた。

お父様は領地の管理があるし、王都に屋敷がないので留守番だ。

私が一人で行くことを随分と心配していたけれど、前々世で王城暮らしは慣れているし、前世では一人で何でもやってきた経験があるので不安はない。

唯一の不安は二十七人の婚約者を失った王様のことだけれど、それは今考えても仕方のないことだろう。

乗り心地のよい馬車に乗って四日。

途中の宿泊もその土地ごとの一流の宿で、快適な旅だった。

これで目的が『二十七人の婚約者を失った王様の二十八人目の婚約者になるため』でなければ、旅程を楽しむことができただろう。

初めて足を踏み入れる王都は、想像以上に美しく栄えていた。

我がマール国は、大国で豊かな国だった。

ケザルアが我が国と友好関係を続けているのは、それが理由だ。

ヘタにケンカを売っても勝てない、勝てたとしても大打撃を受けるとわかってる相手とは仲良くしておいた方がいい、ということだろう。

でも、ロレス領は国の端っこ、自国がどれほど豊かなのかを実感することはあまりなかった。石畳で整備された道、高い階層の建物。歩いている人々の服装も清潔そうで整っている。ロレス領の人々とは全然違う。

何より目を見張るのは、もちろん王城だ。

私がその姿に驚いていると、馬車に同乗していたお迎えの女性は令嬢が窓から顔を出すのはお行儀がよろしくないと注意しながらも教えてくれた。

王城とは、一つの城塞都市。

高い城壁の内側には真の王城を囲むように建物が取り巻いている。議会や図書館、神殿、騎士団の宿舎、商人達の出店。

『現代』で言えば、官公庁が全て城壁の中にあり、更に有名ブランド店も出店していると言ったところかしら。

これは城が建てられた時の情勢によるもので、当時はまだ周辺諸国との戦争中であったため、万が一王都に攻められても王城の中だけで全てが回るようになっているらしい。

城壁の外側には整備された街が放射状に広がっている。

王都に入る前にも城壁をくぐったが、あれは王都を守るためのもので、国が安定してから当時の王が民のために造ったものらしい。

「あの一番高い塔があるのが、真の王城ですが、民は城壁の中の全てを指して王城と言う場合もあります。手前に見える尖塔（せんとう）は神殿のものです。ですが、神殿の本殿は城壁の外側、あちらに見える建物です」

彼女が示してくれたのは、城の中にあるよりも背の高い建物だった。

きっと、王城の中では王に敬意を表して高さ制限をしたのだろう。

巨大な城門をくぐり、幾つかの建物の前を過ぎて、中心にある城の前で馬車が停まる。

「荷物はお部屋の方へ運ばせますので、どうぞ私とご一緒に」

付き添いの女性は、私を見て、心配そうな顔をした。

「どうぞ、お心を強くお持ちくださいませね」

ここへ来るまでに、私は彼女から今までの婚約者について色々と聞いた。彼女の判断は、王妃に相応（ふさわ）しいのはおとなしくて控えめな女性だろうと、その様な方ばかりを選んでいた。

そのせいで、王の婚約者という重責に堪えかねて命を落とされたのだろう。

なので、少し行動的な女性であった方がよいから私が選ばれたのではないか、とも言われた。

実際がどうであるかは謎のままだけれど、私を思ってくれる彼女の心配は真実のようだ。

彼女に案内されて入った部屋は、とても豪華な部屋だった。

地方貴族の娘だったらこれだけで目が眩（くら）んで緊張したでしょう。

でも、城暮らしの記憶がある私としては、その豪華さを観察してしまう。調度品の趣味はいいわ、掃除も行き届いている、みたいに。

「それでは、リリアナ様、私はこれで。後は別の方が引き継がれますので」

付き添ってくれていた女性は一礼して出て行った。

彼女は私の旅のお供だったのね。それにしては口が軽くて、今までの女性達のことを色々喋(しゃべ)ってくれてたけれど。

彼女が出て行くと、すぐにメイドがお茶の支度を調えてくれた。

豪華な茶器にテーブルいっぱいのお菓子。

「お待ちになる間、ゆっくりとお過ごしくださいとのことでございます」

「待つってどなたを？」

「それでは、失礼いたします」

……私の質問に答えないのね。答えるなと言われているのか、知らないから答えられないのか。

まあいいわ。テーブルの上を見る限り、歓待はされているようだから。

「あ、美味(おい)しい」

お菓子を口にした途端、私はこの一口だけで王城まで来た甲斐(かい)があるわ、と思えた。

『現代』の、多種多様なスイーツを味わって来た私は、田舎で出される菓子だけでは満足できなかったのだ。

アトモスが高級な菓子を持ってきてはくれたけれど、日もちするものばかりだったし。

けれど今目の前にあるのは、生菓子。クリームをふんだんに使ったケーキやムースやゼリーもあった。『現代』のものと比べても遜色はない。

お茶も、とても美味しかった。

王城で使われる茶葉はやっぱり違うわ、などと堪能していると、ノックの音が響いた。

いよいよね。まさか王様が現れることはないだろうけれど、私は居住まいを正して迎えた。

「どうぞ」

「失礼いたします」

入って来たのは長身で、長い金髪を後ろで一つに束ねてメガネを掛けた、落ち着いた雰囲気の男性だった。

王様は噂では黒髪のはずだから、この人は違うわね。それでも身分は高いのだろうから立ち上がって挨拶をしようとすると、彼は手でそれを押し留めた。

「どうぞ、そのままで」

にこっと笑って彼も向かいの席に座る。

「初めまして、リリアナ・ロレス男爵令嬢で間違いございませんか？」

「はい、然様でございます」

「お菓子は気に入っていただけたようでよかったです」

きっちり半分無くなっているテーブルの上の菓子を見て、また彼は微笑んだ。

「ひょっとしてお腹が空いていてらっしゃいましたか？」

「いいえ。領では食べたことのないお菓子でしたので、つい手が止まらなかっただけですわ」

臆することなく答える私に、彼は一瞬間を置いてから頷いた。

「私はこの国の宰相である、シモン・スシーアスと申します」

「まあ、お若い宰相様でしたのね。田舎者なので、存じ上げず失礼いたしました」

「表に立つ人間ではありませんので、どうぞお気になさらず」

若さを口にしても不快な表情は浮かべず、さらりと流した。どうやら彼は優秀そうね。

「それでは、リリアナ嬢の今後の予定について説明したいと思います。まず本日は移動でお疲れでしょうから、お部屋でゆっくりと休んでください」

よかった。馬車での長旅は疲れていたのよね。

「そして明日から王妃教育を受けていただきます」

「王妃教育……？」

「はい。もちろんロレス男爵家でもそれなりの教育を受けていらっしゃったとは思いますが、王妃となれば話は別です」

「お待ちください。私は婚約者候補、ということではないのですか？」

彼は手にしていた紙挟みを開き、これみよがしに中の書類に目を落とした。

「お話を打診した時点では『候補』でしたが、城にいらしたことでお話を受けていただいた、と了解しております。ですから、すでに議会も了承し、リリアナ様は陛下の正式な婚約者となられることに決定しております」

詐欺だわ！　そんなこと聞いてない。

「私は飽くまで『候補』ということでこちらに来たつもりなのですが」

「候補として来て、到着して婚約者になられた、ということです。議会の承認も得ておりますので、覆すことはできません」

彼は『議会』を繰り返した。

詰んだわ。議会の承認を受けたものは国の決定事項。逃げ道はない。

「……私はそのような手順は聞いておりません」

「ですが、城に来た、ということは受け入れたということではありませんか？　受けるつもりがなければ手紙なり何なりで断ることもできたはずです」

「たかが男爵令嬢が王命を断れると？」

彼はその言葉を待っていた、というようににっこりと笑った。

「ええ、その通りです」

つまり、申し出があった時点で決定ということだったのね。

「陛下はさほどに女性の気持ちをないがしろになさる方ですの？」

シモンはメガネごしに片眉を吊り上げた。

「リリアナ嬢は随分としっかりした女性でいらっしゃる。この国の王と結婚するのはお嫌ですか？」

「騙し討ちのようなやり方に不満はありますわ……」

「騙し討ちですか。随分なおっしゃりようですな」

いけない、いけない。私はただの男爵令嬢だし、ここは身分の上下に厳しい世界だったわ。

「失礼致しました。けれど女性にとって結婚は重大な出来事なのです。ご理解ください」

「つまり、リリアナ嬢は陛下との婚姻は望まない、と？」

「そういう訳ではありません。ただお会いしたこともない方との突然の婚約というのはおかしいと言っているだけです。王の婚姻は簡単に決められるものではありませんもの」

「確かに」

「私と陛下の婚約を決めるのであれば、まず顔合わせをし、互いに相手を知ることから始めるべきではないでしょうか」

結婚はしたくない、結婚は望まない、と言うのは簡単だけれど、ここまで話が進んでいるのなら、断りを口にすることは反逆罪に問われてしまうだろう。

私に残された道は結婚しかない。

もっとも、相手が私を知って断ってくれれば万々歳だけど、そのためにはまず陛下にお会いしなくては。

「陛下と顔合わせをすれば婚約してもいい、と？」

「既に議会の了承を受けているのでしたら、私に断るという選択肢はないではありませんか。けれど手順だけは気持ちを尊重して欲しいとお願いしているのです」

「気持ち、ですか……」

彼はもったいぶったように顎を撫でながら窺うような目をむけてきた。

「私も気持ちはとても大切だと思います。リリアナ嬢は、本当は別の方に嫁ぎたいのではありませんか？」

「……は？」

「隠さなくてもいいのですよ。私はあなたに同情しているのです」

「同情……ですか？」

何を言い出したのたろう、この人は。宰相ならば、この結婚を勧めた責任者ではないか。

「リリアナ嬢も噂はご存じでしょう。二十七人もの婚約者の死亡ことを。もう誰も名乗りを上げないので、男爵令嬢であるリリアナ嬢に白羽の矢が当たったわけですが、あなたにはお付き合いしている人がいたのでしょう？」

……私に付き合っている人？

「ですから、王の命令、家のために城へいらしてくれた。けれど、私はあなたのように健気なお嬢さんが我が身を捨てるのを看過できないのです」

彼はメガネをクイッと上げて、悪い顔で微笑んだ。

「どうです？　私と手を組みませんか？」

「手を組む、とは……？」

「あなたが自殺したということにして、あなたを想い人と共に逃がしてさしあげようと言うのです」

ハァ？

宰相のあなたが？

「婚約者の選定のために、あなたの領地へ足を向け、あなたのことを調べました。その時、あなたが茶髪の男性と仲睦まじくしている姿を拝見しました。相手がいるのでは婚約者にはできないと思ったのですが、あなたが殿方とお付き合いしているという話はありませんでした」

茶髪の男性……。カツラを被ったアトモスのことかしら？

それはまあ、兄妹だから仲睦まじくはしていたし、彼の来訪自体が秘密なのだから付き合いが噂になるわけがないわ。

「ひょっとして、お相手の方は平民なのではありませんか？　いくら男爵といえど、王家の直轄領を管理している家の跡取り娘が平民とは結婚できないと悩んでいたのではありませんか？」

何だろう……、この用意周到感。

「でしたら、私があなたを逃がして差し上げましょう」

いや、そんなドヤ顔で言われても。

若くして宰相になったということは家柄もよく、陛下の信頼も厚いのだろう。その宰相が、婚約者を逃がしてやろうだなんて言っていいの？

しかもこの人、さっき『自殺したことにして』とか言わなかった？

「婚約者として城の奥に入ってしまえば、王妃教育としてご実家の者といえど簡単には面会ができなくなります。その間に準備を調えればよろしい。お相手の方の名前を教えていただければ、すぐにその者に連絡をつけてあげましょう」

もしかして……。

今までの二十七人皆にこんな話を持ちかけていたんじゃないでしょうね。

「生活に困らないように、多少の金銭も用意しましょう」

「宰相様、もしかして今までの方々もそのように逃がしてさしあげたのですか？」

彼は戸惑うことなく微笑んだ。

「実績はあります」

……肯定したわ、この人。

「なぜそのようなことを。王には早くご結婚をしていただきたいのではないのですか？」

「残念ながら、陛下は結婚に対して消極的です。しかし、周囲の者は陛下に結婚を望んでおります。ですから、縁談避けのために婚約者を選定しているのです。何、不幸が三十人も続けば無理に婚姻を望む声もなくなるでしょう」

「今までの方は皆駆け落ちですの？」

「お相手がいらした方もいらっしゃれば、家との折り合いが悪い方、貴族の名を捨てたい方など色々いらっしゃいました。ですが皆様、今は幸せに暮らしていらっしゃいます」

自分の手腕がご自慢なのね。

しかも私がこの話を受けることを疑ってもいないから、こんな大事なことをペラペラ喋ってしまうわけだわ。

「さ、お相手の方はどこのどなたなのです？　残念ながら、私が調べても正体がわからなかったのです。どうか教えてください」

「残念なのはこちらですわ」

私はハァ、と息をついた。

「私にはお付き合いをしている方などおりません」

「安心してよろしいのですよ、これは引っかけでも何でもありません」

「宰相様のお心遣いを感謝し、お言葉を信用した上で、もう一度申し上げます、私にはお付き合いをしている方はおりません」

彼が、初めて困惑した顔を見せた。

「私の屋敷に通っていた茶色い髪の男というのは、遠縁の者です。彼には婚約者もおります。私とは兄と妹のような仲であって、恋仲ではありません」

もう一度繰り返すと、彼が狼狽(うろた)えるのがわかった。

二十七人も上手くいっていたから、調査が少し疎(おろそ)かになっていたのだろう。

異性と付き合っている噂のない辺境の男爵家の娘が、庭先で得体の知れない男性と仲よくしているから、これは許されない恋だと判断したのだ。相手の男性が貴族なら婚約が発表されるはずなのに、その気配もないから。

我が家は、母の一件があるから、家族のことや他家との付き合いについては厳しく管理が行き届いている。

古い使用人は絶対に口を割らないし、若い使用人はアトモスについて何も知らない。

アトモス自身も、追放された母の婚家と親しくしていることや私の存在を知られないように細心の注意を払っているはずだ。

もちろん、自分の身元に関しても。

相手の身元がわからないのなら慎重になるものだが、二十七人の実績が慢心を生んだのだ。

「私を、陛下に会わせてください」

「いえ、それは……」

「議会の承認を受けた婚約者であるならば、お会いする権利はあるはずです」

「しかし、リリアナ嬢は婚約を望んでいないのでは……」

「望んでいなくても、どうにもならないのでしょう?」

「……それはまあ、そうですが」

「この上は、陛下にお会いして、陛下から直接お断りのお言葉をいただかなければ。陛下がお望みでないのならば、議会も受け入れざるを得ないでしょう。陛下が結婚を望んでいないのであれば、そのお言葉は簡単に頂戴できるのでは？」

「リリアナ嬢はそれでよろしいのですか？」

「よいわけはありません。ですから、この様な茶番に巻き込まれた対価は要求させていただきます。口止め料込みで」

「……これは逞（たくま）しい発言でいらっしゃる」

「お願い、できますわよね？」

私が強く畳み掛けると、彼は不承不承ではあるが頷いた。

「私の失態です。よろしいでしょう。……リリアナ嬢は本当にあの男性とはお付き合いをしていないのでしょうね？」

「神でも何にでも誓いますわ」

だって兄ですもの。

「では、一緒にいらしてください。陛下にお会いしましょう」

「今、ですか？」

「早い方がよいでしょう」

一国の王が、そんなに簡単に謁見（えっけん）できるのかしら？　と思ったが、その謎はすぐに解けた。

シモンに付いて、待たされていた応接室を出ると、彼は城の奥へと私を誘った。

平日の昼間。

普通の王ならば執務をしている時間。てっきり議会や執務室へ向かうものと思っていたのだが、シモンはどんどんと奥へ向かってゆく。

そしてようやく一つの扉の前でその歩みを止めた。

「……こちらは？」

「王の私室です。こちらに足を踏み入れたことはどうか他言無用ということで」

私室？　ちょうど休憩の時間だったのかしら？

シモンは部屋を軽くノックすると、少しの間は置いたが返事を待たずに扉を開けた。

「シモンです。失礼いたします」

続いて入っていいのよね？

シモンの背後から、恐る恐る室内に足を踏み入れる。

ここが国王の私室？

大きな窓の前に大きな長椅子とテーブル、手前にもまた大きな長椅子、それ以外の物が殆どない。

室内の造りは豪華だった、天井絵もあるし、柱にも飾りがあるし、でもデスクとか、クローゼットとか酒棚とか本棚とか、家具が何もないのだ。

そのだだっ広い部屋の長椅子に、黒髪の男性が一人、横たわって本を読んでいた。

「その女は誰だ」

男性が起き上がってこちらを睨(にら)む。

美しい男性だった。少し長めの黒髪、鋭い目付きの深い青の瞳、通った鼻筋に酷薄な印象を与える形のよい薄い唇。

毛布のように使っていた淡いブルーの膝掛けを肩に掛けたのが、マントのようで、黒いシャツと黒いズボンによく似合っている。

態度はアレだけれど、この威圧感は確かに『王』だわ。

「こちらは、二十八人目の婚約者になられるロレス男爵令嬢です」

「婚約者？　逃がすんじゃなかったのか」

抑揚のない声。

いかにも面倒臭いという雰囲気だ。

「申し訳ございません。私の手違いで、彼女には付き合っていた殿方がいなかったようで、駆け落ちは手配できませんでした」

「ではそれでいい」

「ちょっと待ってください！」

私はシモンの前に出た。

「それでいいとはどういうことでしょう」

「リリアナ嬢」

「陛下は私をどうなさるおつもりですの？」

彼は興味なさそうに私を見上げた。

「お前はどうして欲しい？　結婚がしたいか？　私は妻を娶(めと)る気がない。なれるのなら妾妃(しょうひ)だ」

「妾妃になるために来たわけではございません」

「王妃になりたかったのか？」

ゾクリとする冷たい声。こちらを侮蔑しているような響きだ。

普通の令嬢ならばこれだけで縮み上がっただろう。

でも私はもっと恐ろしい人を知っているので気にしない。

「いいえ。でも、陛下とお話しする機会があるのでしたら、一言申し上げたいことがあります」

「リリアナ嬢、あなたはそれが狙いで陛下に……」

そうなのだ。私がわざわざ王城に来たのは、断れないからというのもあるけれど、陛下に言いたいことがあったからでもあるのだ。

「言いたいこと？」

「はい。私の家はロレス男爵家だと言えばおわかりになるでしょうか」

「知らん」

「……陛下の狩猟用の森と館の管理を任されている家でございます」

「知らん」

　知らないってことはないでしょう。王家の所領よ。

「リリアナ嬢、陛下はそのようなことに興味がないのです」

　興味がないって、王なら自分の所持しているものは頭に入れておくべきではないの？

「……わかりました。ご存じないのでしたら説明いたしますが、当家は長年王家の森と館を管理しておりました。ですがはっきり言って、王家からの経費ではもう管理は無理です。使われないのでしたら、せめて森を自由に使わせていただくか、経費を増額してください」

　これが言いたかったのよ。

　あなたが忘れてるもので、どれだけ私達が苦労してきたか。

「シモン、経費をケチってるのか？」

「どちらの領地にも十分な資金は支払っております」

「十分？　いただいている額では全然足りませんわ。年額三万ゼーロでは半年分にもなりません。館の掃除、修繕、森林の手入れ、動物の間引きや獣害の対策。王家の森だからこちらから森に入って狩猟をするわけにもいかず、苦労しているのです」

「三万ゼーロ？　おかしいですね。どの委託領地にも最低十万は渡しているはずですが……」

「十万でしたら、私だって文句など言いません」

「では、途中で横領が行われているのだろう」

気怠けに彼が言った。

「ではその者達を捕らえてくださるのですね？」

「面倒だ。シモン、これからは直接ロレス家に支払ってやれ」

これで終わりだ、というようにまた横たわろうとしたので、私は慌ててもう一歩前に出た。

「犯罪者がいるのにそれを詮議せず済ませてしまうのですか？」

「今、国は上手く回っている。何もしない方がいい」

「そういう問題ではないのでは？」

「うるさい」

彼は一言そう言うと、またごろりと長椅子に横になった。

……何て人なの。

「ではせめて私の処遇を決定してください。先に申し上げますが、私は妾妃にはなりません」

「王妃になりたいのか？」

「王妃など望んでおりませんが断れない以上それはどちらでも構いません。貴族の娘ですから、政略結婚は諦めております。ただ、既に議会の承認を得た婚約者となってしまったからには、簡単に破談にされては困ります」

「何故困る？　家に戻ればいいだけだろう」

「王が私を退(しりぞ)けるほどの瑕疵(かし)があったと言われてしまうからです」

「次の縁談に響く、か」

陛下はバカにするように笑った。

「私は結婚するつもりはありませんでした。ですから、陛下に破談にされても気にしませんし、次の縁談が来なくても気にしません。ですが、私に瑕疵があるとなれば、家名に傷が付きます」

「では適当な縁談を世話させよう」

「無理です」

「無理？」

「私にはこれがあるので、どなたも私との結婚は望まれないでしょう」

私はドレスの左の襟元(えりもと)に手を掛けると、グイッと引っ張った。貴婦人にはあるまじき行為だが、『現代』を生きた私には胸元ギリギリまでは見られても問題ない。

私が結婚をしない理由、できない理由がそこにあるので見せなければならなかったのだ。

左の肩口から斜めに伸びる、まるで剣で切られたような赤い痣(あざ)。

これは前世に生まれた時からあるものだった。

すぐにわかった。これはその前の世界、前々世で皇帝に切られた傷痕なのだと。精神的にも肉体的にも強い衝撃だったから、表れたのかもしれない。

人の容姿に寛容であるはずの『現代』でも、私のこの痣は男性に受け入れられなかった。

そして何故か、今世でも、この痣は私の身体に残ったのだ。

『現代』より女性の容姿にうるさい今世では、私を妻に望む人などいないだろう。

さっきまでやる気がなさそうにしていた陛下さえ、目を大きく見開いて私を見ているもの。

「生まれた時からこの痣があるので、結婚は諦めておりました。その上陛下に破談にされたとあっては、私の人生は悲惨なものとなるでしょう。ですから、破談になさるならせめてその理由を一緒に考えてくだささい。たとえば、婚約者候補の侍女とするために呼んだのだとか……」

話している途中、陛下は膝掛けを手に飛びつくように私に掛けより、露にした私の肩を包んだ。

「見るな！」

それはシモンに対する命令だったのだろう。

あら、これは意外にも陛下は純情な方だったのかしら？

「ロレス男爵の娘と言ったな」

「……はい」

「名は？」

さっき名乗らなかったかしら？

「リリアナです」

「シモン、リリアナを我が婚約者とする」

「……え？　ええっ！」

「すぐにその支度を調えろ」

背後に控えていたシモンも、陛下の態度の変化に驚いた様子だった。

「しかし、デュークス様」

そうだわ。陛下のお名前は、デュークス・ブレスト・キャクタクスと言うのだったわ。私、まだお名前も伺ってなかったのね。

「破談にされては困ると言ったな」

う、間近で見ると本当に綺麗な顔だわ。

「……はい」

「破談にはしない。お前は私の婚約者として城に残れ。ロレス男爵領は王妃の出身地となる。すぐに十分な資金を送ってやろう」

実家に資金。それはとても嬉しいけれど……。

「あ、あの……。私にはこのような痣が……」

「私以外それを見る者はいないのだから関係ない」

もしかして、憐れんでくれたの？　こんな痣があっては他の人には嫁げないから。

考えてみれば、この方は今までも悲恋の女性を助けてくれていたわけだし、やる気はないけど女性には優しい方なのかも。

結婚は考えていなかったそうだから、お飾りの妻なら傷物を救ってやろうと考えたのかも。

「部屋は王妃の部屋を与える。侍女も付けよう。気に入らなければ後で替えてやる」

彼は掛けてくれた膝掛けの内側に手を入れ、私の襟を直した。

「長旅で到着したばかりだったな。そういう時は身体を休めた方がいいのだろう？　明日、時間を取るから今日は休め」

そして私から離れた。

「シモン、彼女を連れて行け」

そのまま私達に背を向けるように、また長椅子に横になる。

どうしたらいいのかとシモンを振り返ると、シモンの顔にも困惑が浮かんでいる。

「かしこまりました。それでは、リリアナ様、どうぞこちらへ」

私の呼び名が『嬢』から『様』に変わったわ。理解はできないけど、私が婚約者となることを受け入れたのね。

でも私はまだ納得できなかった。

けれど、背を向けられているので、これ以上質問することは許されないだろうと判断し、今は引き下がることにした。

「……失礼いたします」

シモンと二人で王の私室を退室してから、シモンに尋ねてみた。

「今のは、どういうことなのでしょう……？」

「私もわかりません」

狐（きつね）につままれた、というのはこういう気分を言うのだろう。

ここにその言葉があるのかはわからないけれど……。


本来私が滞在する部屋は、婚約者候補が滞在するための部屋で、客間だった。

けれどデュークス様の一言で、王妃の部屋に移ることとなり、その支度が調うまで私はシモンと話をして待つことになった。

「何にせよ、私個人としては陛下がご結婚を考えられたということはありがたいことです」

用意されたお茶をいただきながら、彼が口を開く。

「陛下は全くと言っていいほど女性に興味がなかったので」

「私が他の人と結婚できないと言ったから、同情してくださったのでしょうか？」

「どうでしょう？　今まで陛下に物申す女性はいらっしゃらなかったので、それが珍しかったのかも。大胆な行動でしたし……」

まるで見てしまったことを恥じるかのように、彼は目を逸（そ）らせた。

「気にしないでください。シモン様の場所からは背中しか見えなかったでしょうし」

「レディの背中を見ることも非礼だと思うのですが。前はどこまで見せたのですか？　まさか……」

その質問が出るということは、本当に前は見えていなかったのね。

「この辺りです」

私が膨らみの上の方を指で示すと、冗談なのだろうがシモンは苦笑して言った。

「ではそのお姿に魅了されたのかも」

「まさか」

「冗談ではありません。リリアナ様はとても美しいと思います。長い金色の髪に、珍しい紫の瞳。スタイルもよろしいですし」

紫……。ひょっとして、デュークス様は私の瞳の色に気づいたのかしら？　それで私のことに気づいてしまったとか？

「この国にも、紫の瞳の方はいらっしゃいますよね？」

「とても少ないですが。ケザルアの王族や高位貴族には多いようですね」

さすが宰相、詳しいわね。

「我が家はケザルアとの国境に近いところですから、その血が入っているのかもしれません」

懸念を持たれないように先に説明をしておこう。

「ところで、私は本当に田舎育ちなので知らないことが多いのですが、デュークス陛下はどのような方なのでしょう？」

問いかけると、シモンは難しい顔をした。

「大変優秀な方だと思います。お小さい頃から利発で、剣の腕も天才的でした。しかし、十五歳になられた時、急に全てを投げ出してしまって。父君である先王が亡くなられた後は、全てを議会に任せて、その……、悠々自適と申しますか……」

「ごろごろしてる？」

返事はなかったが、目が肯定している。

「それで問題はないのですか？」

「我が国は議会がしっかりしておりますので、大きな問題はございません」

「でも小さな問題はあるのですね。我が領に支払われる経費が搾取されていたように」

「その件に付きましては、すぐに調査を開始いたします。それから、リリアナ様の侍女ですが、お家の方から呼び寄せるのでしたら部屋を用意いたしますが？」

「いいえ、私の家に侍女はおりません」

妙齢の貴族令嬢に侍女がいないのは珍しいが、我が家にはそんな余裕はなかったのだ。私は何でも自分でできたし。

「ではこちらでご用意させていただきます。前王妃様の侍女であったアロンソ伯爵夫人がよろしいかと思いますが、異論はございますか？」

「私には。でも前王妃様の侍女で伯爵夫人の方では、私の侍女などお断りされるのでは？」

「アロンソ夫人はおおらかな方ですから、問題ないでしょう」

先代の王と王妃についても、私は噂程度しか知らなかった。

先代の王はお身体があまり丈夫ではなかったので、ロレス領に狩猟にいらっしゃることはなかった。

でも王妃様は南のセルマ国の第二王女で、活発な方だったと聞いている。

先王が病で亡くなられる少し前に、落馬で命を落とし、それが原因で陛下の体調が悪くなったのでは、という噂もあった。

その後、王妃教育の話や、身の回りの品を揃えることなどを話している途中、部屋の支度が出来たと呼びに来たので、ここでシモンと別れてメイドに部屋へ案内された。

マールは、本当に豊かな国なのだわ。

与えられた部屋は、どこまでも美しかった。

居室と、応接間と、寝室にバルコニーと浴室まで付いている。

意匠はそれぞれの部屋ごとに違っていて、居室はスミレ、応接間は白いバラ、寝室は雪柳で浴室は睡蓮。

バルコニーは広くて、椅子とテーブルが備えられていた。

「お荷物はこれだけですか？　後から届くものがございますでしょうか？」

メイドが遠慮がちに訊いた。それはそうよね。王妃の部屋に入る女性の荷物が衣装箱二つなんて。

「いいえ、ないわ。貧乏男爵の娘ですもの。だからこれからはよろしくお願いね」

「そんな、こちらこそ、よろしくお願いいたします」

一通り部屋の説明をした後、彼女は深く頭を下げて部屋から出て行った。

一人になると、私はバルコニーへ続く窓を開けて部屋に風を入れた。

この痣を見たら、絶対に断られると思ってたから安心してたんだけどな。なんでいきなりこんなことになったんだか。

「王の婚約者なんて、絶対面倒よね」

領地で一生のんびりゆったり過ごす予定だったのに、私はどこまでもトラブルから逃げられないらしい。

美しい庭を見下ろしながら、ため息をつくしかなかった。


その日は夕食を部屋で摂(と)り、お湯を使って、大きなベッドでゆっくりと眠った。

もちろん、その間ずっとメイドが側に控えていた。

翌日の朝も、メイドが見守る前で一人朝食。

これからどうなるのかしらと思っていたら、来客があった。

「ミネア・アロンソと申します。本日よりリリアナ様の侍女を申しつかりました。どうぞよろしくお願いいいたします」

現れたのは明るい茶の髪の、落ち着いた女性だった。

伯爵夫人であるというのに、男爵令嬢である私に向ける視線に侮蔑や軽蔑はない。

「デュークス様がお見初めになられたお嬢様ですから、誠心誠意お仕えさせていただきます」

と言う言葉にも嘘はなさそうに見える。

「こちらこそ、よろしくお願いいたします。何もわからぬ者ですので、どうぞご指導くださいませ」

「本日は陛下が昼食をご一緒にということですが、お支度はそのままで？」

でも観察はされてるみたいね。

男爵家から持ってきたドレスではおめがねに適わなかったようだ。

「陛下の婚約者としては相応しくないとは思いますが、今の私には持ち合わせがございませんので」

「然様ですか、ではすぐにドレスを揃えなくてはなりませんね」

「全て夫人にお任せいたしますわ。ただ、私は贅沢は好みません、とだけ申し上げておきます」

「かしこまりました。失礼ですが、ダンスはお得意でしょうか？」

来たわね。

「一応」

「楽器などはなさいますか？」

「ピアノとハープを」

「刺繍は嗜まれます？」

「ええ、父のマントに刺繍をすることもありました」

「乗馬は？」

「領地が王家の狩猟の館を管理しておりましたので、上手い方と自負しております。もちろん、猟もいたします」

私がどの程度の教育を受けているかの質問。

ロレス男爵家でも、母が元公爵令嬢だっただけあってこの世界のマナーの教育は完璧。

勉強も、父が家庭教師を付けてくれたし、アトモスが通うようになってから彼に教わったりもしていた。

何より、元皇妃ですもの、ダンスに楽器に乗馬に刺繍なんてお手のものよ。ただ間に『現代』を挟んでいて忘れていることもあるだろうから自慢はしないけど。

「教師を付けて確認してもよろしいですか？」

「もちろんです。田舎ではそこそこですが、王都では子どもに劣るかもしれませんし」

「そんなことはございませんでしょう。お言葉の発音も、居住まいも、十分でございます」

「お褒めいただきありがとうございます」

こんなかしこまった話し方は久し振りだわ。

「お世話のために若い侍女を入れたいと思いますが、ご要望は？」

「年の近い方がよいですわ。親しくお話をしてくださる方が。私、王都に知り合いがいないもので」

「私は年寄りですものね」

「私は母を亡くしておりますので、アロンソ夫人は母のように頼りたいと思っております」

「まあ、うれしいお言葉ですこと」

どうやら、アロンソ夫人のチェックは合格のようだ。

その後、夫人は私の部屋に足りない物をチェックし、いったん退室した。

やれやれと一息ついたのもつかの間、次は陛下との昼食だ。

迎えに来たメイドに案内されて入ったのは、長いテーブルのある食堂だった。

さて、彼はどういう態度で私と接してくれるつもりかしら？

婚約するなどと言い出した昨日の愚行を反省している？　傷物の女性に同情の目を向ける？　それとも、女性の肌を見てしまったことを意識して好色そうな目を向ける？

ドキドキしながら席に着いた。

また黒いシャツに黒いズボンというラフな姿のデュークス陛下は、物憂い感じでテーブルに肘を突き、正面からじっと私を見つめていた。

「昼食に呼んでいただき、ありがとうございます陛下」

「ああ」

……気のない返事。

でも視線はじっと私を見つめている。かと言って、その視線に色恋の気色はなかった。

敢えて言うなら、観察している？

じっと、ただ凝視しているだけなのだ。

「あの、陛下は昨日私を婚約者にすると言ったことを覚えておいでででしょうか？」

「だから昼食を共に摂っているのではないのか？」

返事はきたけど、バカにするような言葉だわ。

皮肉を込めて言うと、彼は表情を変えぬまま言った。

「何もおっしゃらないので、お忘れになっているのかと」

「何を喋ればいい」

いや、それぐらい自分で考えてください。

「では陛下はどのような食べ物がお好きですか？」

「出された物を食べる」

「甘い物はお好きでしょうか？」

「普通だ」

「乗馬はなさいます？」

「する」

「いつも何をしてお時間を過ごされていらっしゃるのでしょうか？」

彼の返事が一拍遅れたので、答えを考えてくれているのかと思った。

「つまらん」

けれどそうではなかった。

「もっと変わった話はできないのか。誰でもするような質問ばかりでつまらん」

と言われても、私達昨日会ったばかりですわよね？

何を喋れと言うんですか。

思わず顔が引きつってしまう。

「顔を面白くしろと言ったわけではない」

……引きつった顔が面白い、と言うことですか。

皇妃であったなら、男爵令嬢であったなら、おとなしく興味を引きそうな話題を探したでしょう。

あなたの妻になりたい女性なら、努力もしたでしょう。

けれど私は望んで婚約者になったわけでも、普通の貴族令嬢でもない。

こちとら男性と対等に言葉を交わしてきた『現代』を生き抜いてきたんですからね。

「では、他の方がしないような話題にいたしましょう。陛下は毎日ごろごろなさってるようですが、政務に関してはどのようにお考えでしょうか？」

彼の気怠(けだる)げな視線がチラッと上向く。

「女のくせに政務に興味があるのか？」

「政務と言うより、国のありようには興味があります」

「国のありようとは？」

「私の領地に支払われるお金が搾取されていたようです。そういう不正を野放しにしておくのはよくないことではないでしょうか？」

「それでも国は回っている」

「今は、です。そのようなことがまかり通れば、いずれ国が腐ります」

「犯人を見つけて殺せと？」

いきなり物騒な……。

「殺してはそこで終わりです。罪を犯した者は見つけて、罰を与えなければなりません。自分が何をしたのか、きちんとわからせなければ」

「だが殺せば、周囲の者の脅しにもなる」

この考え方はとても嫌だわ。

私は隠そうともせず不快を顔に表した。

すると何故か、デュークス様はにやりと笑った。

ゾクッとするほど怖い顔だけれど、ゾクッとしたのは怖さだけではない。彼が美しいからだ。冷酷な笑顔さえ、彫像のように見える。

「恐れさせても、周囲の者はただ隠すのが上手くなるだけだと思います。隠されたものを見つけだす者達が必要なのです。監査をして、隠される罪を暴いて、罪を犯せば見つかって罰されるとしらしめるべきです」

「監査か。この国にもいたかな？」

「……ご存じないのですか？」

「知らん」

彼は振り向かず、背後に控えていた侍従に命令した。

「シモンを呼べ」

しばらくすると、慌てた様子でシモンが駆けつけた。

「御用でしょうか、陛下」

「この国に監査官はいるか？」

「はい」

「ではその部門を強化しろ。人を増やし、予算も付けろ。国の不正を暴いてやれ」

「畏まりました。しかしどうして突然……？」

「我が未来の妻は不正が嫌いだそうだ。夫とは妻の望みを叶えるものだろう？　悪事でないのなら叶えてやる」

シモンはちらりと私を見た。

「良き判断であると思います。ではすぐに」

そして来た時と同じように、すぐ退室した。

「これでいいか?」

これって、私の望みを叶えてくれたということになるの?

「ありがとうございます」

ではお礼を言わなきゃいけないわね。

「他に何かあるか?」

「まだ私の知識が足りないので、今申し上げられることはこれだけです」

「そうか。ではまた考えたら言うがいい。言うことがないのなら、食事はこれで終わりだ」

ちょっとお皿を突ついていただけのようにしか見えなかったのに、そう言うと彼は立ち上がって食堂から出て行ってしまった。

私はまだ食事の途中だったのに。

暴君だわ。

私は一人で食事を続けた。

前々世の夫も暴君だった。けれどあんなにやる気のない人ではなかったし、他人の意見を聞くような人でもなかった。

暴君、と一言で言っても色々いるのね。

きっちり食事を終えてから部屋へ戻ると、私はすぐにアロンソ夫人に命じた。

「すぐに政務官を呼んで」

「政務官、ですか？」

「陛下に国のことを学ぶように言われたの」

ちょっと違うけど、結局はそういうことよね。

「陛下が？　畏まりました。それではすぐに」

「市井のことにも詳しい人がいいわ。忌憚なく意見を言える人が」

「はい」

ずっと田舎に引きこもっているのなら、政治のことなど知らなくてよかった。国の運営なんて、偉い人に任せておけばいいと思っていた。

田舎の男爵令嬢が何を考えたって、何も変わらないのだから。

でも王妃にならなくてはいけないのなら、その役割を果たさなくては。

「あの王様じゃ、国の将来が心配だもの」

やる気のなさそうな整った横顔を思い出して、ため息をついた。

権力を握った人って、どうして皆傲慢になるのかしら？　いいえ、アトモスは穏やかな人だった。

私の周りの王様は、と言うべきかも。

「アトモスも王になったら、ああなってしまうのかしら？」

そうならないことを、切に願うわ。

そう言えば、どうして私を選んだのか聞けばよかった。

あの態度では私に一目惚れということはないわね。『つまらん』まで言われてしまったし。

面白い話をしろと言われたから、ズケズケものを言う女性が気に入ったのかしら？　自分が考えないで済むように。

どうもデュークス様のことはよくわからないのよね。

けれど、私が思っていたよりももっとよくわからない人だと知るのはその夜だった。

政務官を呼んで、午後は国の状況を説明させた。

年配の政務官は正直な人で、よいところも悪いところもちゃんと話してくれた。

マール王国はとても裕福な国だ。

その裕福さは、水が豊かということにあった。南の農村部は飢饉に襲われたこともなく、北の鉱山の鉱物の産出量も良い。

またそうして産出したものを売る先もある。

東のケザルアは、戦争しているので武器の材料となる鉱物を買ってくれる。北のスエルは農作物の実りがよくないので、農産物を買ってくれる。

気候にも恵まれて、安定した国の運営ができている。

けれど、安定はよいことばかりではない。

大きなトラブルがないということは、一度任についた者がいつまでも解任されることがないということ。

長く同じ部署にいれば癒着（ゆちゃく）や横領が起こりやすくなる。

けれど今まで監査は王城で書類上でしか行われなかったらしい。

帳簿さえ辻褄（つじつま）が合っていれば問題ナシとされてしまうのだ。

デュークスは、何もしない王だった。

問題が表面化すればちゃんと罰するが、敢えてそれを調べようとはしない。

無理難題も言わないが、何かを改革しようとする意志もない。

安定して見える今は、それがよいことか悪いことはわからない、と言っていた。

しかもデュークスは議会にも顔を出していないらしい。

徹底的にやる気がない人なのね。

あらかたの国内情勢を聞いて、もっと詳しく知りたいことについて調べるように言ってから、政務官を戻した。

前々世も、戦争ばかりで国内について放置していた皇帝のために、国内のことは私と義弟のアライスが受け持っていたわね。

「タウラス……」

酷い皇帝だったけれど、私はタウラスを愛していた。

前世では、タウラスのことを考えると他の人との恋愛なんて考えられないほど。

でも彼のいない生活を三十年近く送っていたから、その気持ちも記憶も少し薄らいできた。

いいところもあったのよ。他の人には酷い皇帝でも。

それを考えると、あのデュークスにもいいところはあるのかも。

夕食は部屋で摂り、お風呂に入って部屋着に着替え、寝室のビューローに向かって今日一日のことを纏めた。覚えなければならないことと、これからのことを。

できれば味方が欲しいわね。

何か考えついても、デュークスにすぐ伝えられるわけではなさそうだし。シモンは私の味方になってくれるかしら？

そう思っていると、ドアの開く音が聞こえた。

メイド？　顔を開けて扉を見たが、扉は閉まったままだ。

気のせいかと思った時、声を掛けられた。

「何をしている？」

男の声。

「誰！」

慌てて振り向くと、立っていたのはデュークスだった。

「デュークス様、どうしてここへ？　どうやって？」

問いかけると、彼は無言でベッドの向こう側の壁を示した。

気づかなかったけれど、そこにもう一つの扉がある。

「ここは王妃の部屋だ。王の寝室と繋（つな）がっているのは当然だろう」

ですよね。夫婦ならば寝室が繋がってて当然、まだ婚約者と呼ばれていて夫婦というイメージがなかったから失念していました。

「立て」

左腕を取られて、ビューローから立ち上がらせられる。

「あの……」

そしてそのまま強引にベッドに座らされた。

「デュークス様？」

私の顔を覗（のぞ）き込（こ）んでくる青い瞳。

「美しいな」

「ありがとうござ……」

褒められた礼を言っている途中で、顎を取られて口づけられる。

……ええっ！

何十年ぶりかに感じる他人の唇の感触。これはもう初めてと言ってもいいくらいよね？

少なくとも、この世界ではファーストキスだわ。

キスしていいかとも、キスするぞとも言われず押し付けられた唇は、舌を使って強引に私の唇をこじ開けてくる。

「……ン」

そのままベッドに押し倒され、彼の手が私の胸に触れた。

ちょっと待ってぇぇ！

叫びたいのに、唇が塞がれていて声が出ない。

しかも彼の手が私の両手首を掴(つか)んで押さえ込んでいるから、抵抗することもできない。

口説き文句の一つもなくいきなりってどういうこと？

昼食の時にはそんな素振りのカケラもなかったじゃない。

しかも的確というか、手慣れているというか……。驚いている間に右手は手首を離し、部屋着の胸元のボタンを外して襟を開いているなんて。

彼の指が、痣に触れる。

辿(たど)るように胸元へ移動する。

「ンン……ッ！」

塞がれたままの口の奥で、思わず声を上げた。

「何だ？」

やっと、唇は離れてくれたが、身体はまだ私の上に乗ったままだ。

「何をなさるんです！」

「お前を抱こうというのだろう。まさか、夫婦の営みを知らないのか？」

「それは知ってます。知ってますけど……、ん……っ」

人が話をしている最中に胸に触らないで。

「どう……して突然このようなことを」

「お前を喜ばせるためだ。女は抱かれることに悦びを感じるんだろう。それに、お前にはこの痣がある。女性として求められない不安があるのなら早めに解消してやろうと思ったからだ」

……気遣い？　気遣いなの？

わけがわからないわ。

「あ……」

胸を大きく開かれ、痣にキスをされる。

「気にするな、俺は嫌いじゃない」

そのまま膨らみに唇が移動してゆく。

「やめてください！」

彼が胸を触るために自由になった手で、彼を押し戻す。

反則なほど綺麗な顔は、無表情のまま続く私の言葉を待っていた。

「離れてください。こういうことは結婚してからじゃないとしません！」

「結婚するのだからいいだろう」

「ダメです！　こういうことはちゃんとした手順に沿ってするものです。このまま抱かれたら、私はただの慰み者になってしまいます」

「そんなことにはしない。結婚すると決めたのだから」

「結婚するなら、結婚するまで待ってください」

「でないと嫌なのか？」

「嫌です」

冷淡な表情を見せる人だから、怒るかと思った。だとしても、愛し合ってるわけでもないのに結婚前に身体を求められるなんて絶対嫌。

「とにかく、まず離れてください」

意外にも、彼は素直に離れてくれた。

慌てて前を掻き合わせ、体を起こす。

デュークスは、怒るでもなく、惜しむでもなく、ベッドの端に腰掛けたままこちらを見ていた。

「よろしいですか、デュークス様。私とあなたはまだ結婚していません。夜の営みというものは、結婚して初めて行うものです。性に奔放な方はどうかわかりませんが、私は貞節を重んじるのです」

「それは法か？」

「常識です。普通はそういうものです」

「そうか。では結婚するまでは手も触れられないのか」

「……いえ、手ぐらいは。ただし、服から出ているところだけですよ」

「抱擁は？」

「それもまあ……」

「キスは？」

「……軽くでしたら」

子どものような質問の仕方だわ。

「今までの方とはこの様なことはなさらなかったのでしょう？」

「顔も見ていないからな」

そうだった。全員シモンが内密で逃がしていたのだった。

「正式ではなくとも女性とお付き合いなさったことはあるのでしょう？」

「抱いたことはある」

……私が本当に婚約者として彼を愛していたら胸が痛む言葉だわ。

「その方は嫌がらなかったのですか？」

「喜んでいたと思う。イク時に目を潤ませて……」

「そこまでです！　閨の話は他人に聞かせるものではありません。私も聞きたくはありません」

この人は……、ピュアなんだか雑なんだか。

「お前は処女なんだな？」

「当たり前です！」

「わかった。初めての者は恥じらいがあると聞く。では抱くのは止めておこう。お前も望んでいないようだし。だが、抱擁は許されるのだったな？」

手を伸ばして来るから思わず身を引いたが、彼は構わず私を抱き締めた。

さっきのような強引さはなく、包むような優しい抱擁だ。

「やはり細いな……」

呟く言葉。

「今夜はここで寝る」

「え？」

「ベッドに入れ」

「でも、今もう止めると……」

「抱くのは止めたが、寝るぐらいはいいだろう。もう遅いのだから早く横になれ」

もうっ！　何なの、この人は。

混乱している間に、彼は私を抱いたままベッドに入り、あっと言う間に寝息を立て始めた。

「……寝付きのよろしいこと」

わからない……。

全然わからない。

暴君かと思ったら、怠け者で。手が早いのかと思えば子どものようなことを口にする。

私を抱きに来たのに、止めてと言ったらあっさり止めてさっさと寝てしまう。

本当にわけがわからないわ。

目の前には、長い睫毛（まつげ）の綺麗に顔。腰を抱くように回された腕。

こんな状態で寝られるわけがないじゃない。

過去は過去、今は今。今世ではまだうら若き乙女で、男性と付き合ったこともないのに、いきなり美形の男性と一つベッドだなんて。

「うう……」

前途多難な予感しかしないわ。

彼を見ていると、目はらんらんと冴（さ）えるばかりだった。

でも人間って睡魔には勝てないものなのよね。

気が付けば、翌日の朝になっていた。

隣にデュークスの姿はなく、身体を調べたけれど何かされた様子もない。

あの人は、本当にただ私を抱いて眠っただけだったようだ。

ため息をついて起き上がり、朝の支度を調えて朝食を摂る。

今日からは王妃教育ということで、アロンソ夫人と共にお勉強部屋へ移動。

まずダンス。

もちろん、クリア。

次に楽器。

当然クリア。

昼食時に食事マナーのチェック。

ええ、ええ、クリアしますとも。前々世で完璧にこなし、今世でもバッチリでしたから。

歩き方も座った時の姿勢も、文句のつけようがないでしょう。

チェックするアロンソ夫人の目が期待にキラキラと輝き始めるのが、よくわかった。

午後の行政官との話し合いにも彼女は同席し、私の知識と興味の深さに感動していた。

「素晴らしいですわ、リリアナ様。こんな逸材が男爵家に眠っていらしたなんて。ご両親は本当に素晴らしい教育をなさったのですね」

「ありがとうございます。田舎者と言われないように、頑張っていただけですわ」

「ご謙遜を。もう学ぶことなどないくらいでしょう」

「けれど世情には疎いのです。ここが田舎者たる所以（ゆえん）ですわね」

令嬢無双とでも言うべきかしら？

その後数日間続いた王妃教育チェックは全てクリアできた。

最初の人生では、子どもの頃から皇妃になるべくみっちり教育されていたのだから、当然といえば当然。

あの当時は大変だったけれど、三度目の人生でも役に立ったなら、耐えた甲斐もあるというものよ。

構えていた、デュークスの夜の訪問はあの夜一度だけだった。

毎晩彼と一緒に眠るのかと思って不安だったのだけれど、王の寝室へ続く扉が開かれることはなかった。

あの夜は、眠かったので私を抱き枕にしただけ、と思うことにした。

その代わりと言うわけではないのだろうが、王妃教育の必要なしの合格発表があった翌日、彼とお茶の時間を共にすることになった。

「シモンがそうした方がいいと言うのでな」

彼が希望したわけではない、という正直なご発言、ありがとうございます。お陰でこちらも緊張しないで済みますわ。

けれど、彼は私に話題を提供しろと迫るのには閉口した。

「お前の考えは面白い。先日の監査の話はシモンも賛成していた」

「シモン様を信用なさっているのですね」

「あれは有能だ。シモンの判断に任せておけば問題はないだろう。出自は伯爵家で王位を簒奪できる立場にないしな」

アロンソ夫人から聞いた話では、シモンはデュークスの乳母の息子だそうだ。

無気力になる前は、さほど親しいようには見えなかったのに、デュークスが無気力になってからは手元に置いて、王位の代替わりの時に彼を宰相に任命したとか。

その理由は誰もわからないとのことだった。

「どうして、シモン様を宰相になさったのですか？」

「有能だからと言っただろう」

二度言わせるな、という冷たい視線。

「有能、の意味を知りたいのです」

「あれは平民の妻を娶り、一度親に勘当された。その時に市井の生活を体験している。一人の女性をそこまで愛するという誠実さと、爵位に未練がないということ。城の中に籠もって民衆の生活を知らない俺よりも知識があること。古い馴染みなので俺に臆さず文句が言えること。大体そんなところだ。もちろん、事務能力にも長けている」

「私、シモン様の奥様にお会いしたいわ」

「では後でそう命じよう」

……沈黙。

会話の口火はどうしても私が切らないといけないのかしら？

「陛下は議会に出席なさらないと伺ったのですが、どうしてなのでしょう？」

「くだらない話は退屈だ」

「けれど王が不在であれば、勝手なことをする者も出るのでは？」

「シモンが出席する。あれには俺と同等の権利を与えている」

「それではシモン様がお可哀想です」

「可哀想？」

あら、表情が変わったわ。

「はい。王の言葉ならば受け入れるでしょうが、シモン様の言葉では『若造が王の威を借りている』と思われて、シモン様が皆に憎まれるかもしれません」

「宰相の役職にあっても、か？」

「宰相に命じたのは王の独断と聞いています。何も知らない者から見れば、シモン様はいいように王に取り入った策謀家に見えるかも」

「あれに野心はない」

「説明がなければ、人は勝手に想像するものです」

「ではどうしたらいいと思う？」

「もちろん、デュークス様が議会に出席するべきです」

「出席しても、俺は政治的な判断はしない」

「それでも、王が同席していてシモン様の言葉に異論を唱えなければ、シモン様に同意していると見てもらえます。ですが、同席していなければ王に本当に報告しているのだろうか、彼の勝手な判断ではないかと疑われます」

彼は返事をしなかったが、否定もしなかった。

「腹立たしい話を聞かされたら、愚かな者に危害を加えるかもしれない」

そんなに短気なの？

「その時は、『後はシモンに任せる』と言って席を立てばよろしいのです。任せた、と言い置けば後ろ盾になります」

「なるほどな。姿を見せてシモンの後ろ盾になることが必要というわけだ」

「はい」

「試してみよう」

すんなり受け入れてくれるのね。根は素直な方なのかも。

「まさかと思いますが、シモン様から議事録などは提出を受けています？　それにちゃんと目を通しています？」

「それぐらいは見る」

多少不満そうな声。

これはちょっと見くびり過ぎたみたいね。

「失礼いたしました」

「お前は、女なのに政治のことに無関心ではないようだな。考え方も面白い」

「ロレス家の子どもは私一人でした。ですから、領地の管理のことも勉強しておりましたので」

本当は皇妃だった時に議会に出席していたからなのだけれど、ロレス家でも一通り学んでいたから嘘ではないわね。

「リリアナの考えをもっと聞きたい。これからは毎日茶の時間を設けることにしよう」

「毎日、ですか？　私はまだこの国のことについて学んでいる途中なのですが……」

「話すことがなければ茶を飲んで終わりにすればいい」

「お食事の時ではいけませんの？」

「食堂で食事を摂るのは面倒だ。がらんとした場所で他人に見られながらする食事を美味いとは思わない」

「でしたら、もっと小さな部屋で、給仕を下がらせて食事をすればよろしいのでは？」

彼はにやりと笑った。

「そんなに私と食事がしたいのか？」

からかってるわね。

「いいえ。お勉強の途中で呼び出されるのが嫌なだけです」

「そうか。だが食事は別だ。茶の時間にしか会わない」

「どうしてです？」

「女は食べるのが遅いからだ」

私は早食いもできるわよ、と言いたかったが、それはお行儀の悪い行為なので黙っていた。

カップラーメンなんて、作って三分、食べて三分だったもの。

「今日はこれまでにしておこう。お前の貴重な勉強の時間を搾取しては申し訳ないからな」

……厭味ね。

「私はもう少し残りますわ。お菓子が残っていますから」

「菓子が好きか」

「女性なら皆、甘い物が好きですわ。それに厨房の者がせっかく作ってくれたものを残すのはもったいないです」

「厨房の者は作るのが仕事だ。せっかくではないだろう」

「仕事として成し遂げた成果を捨てられない、ということです。それにこんな沢山のお菓子、街では食べることのできない者も多くいるでしょう。私達のテーブルに載る物は、全て国民の税金で作られています。国民の働きを捨てることもできません」

「国民の働き、か。考えたこともなかったな」

彼はスッと遠い目になった。

「では考えてください。国民が一人もいない土地では王にはなれないのですから」

「考慮しよう」

彼はテーブルの上をじっと見た。

「これを一人で全部食べられるのか？」

デュークスが口を付けたのは、焼き菓子が少しだけれど、テーブルの上にはまだケーキやムースが残っている。

確かに、全部食べてしまったら夕食が入らなくなるでしょう。

「半分くらいは。端から綺麗に食べれば、残った物をメイド達にあげることもできます」

「残ったら使用人に渡すのか」

「いけませんか？」

「いや、好きにしろ」

彼はそれだけ言うと席を立った。

私に興味があるんだか、ないんだかわからない態度。

元々、彼は人というものに興味がないのかもしれない。ただ、他人の考えには興味があるとか？

でもそれなら議会に出て、私なんかよりもっと高尚な方々の意見を聞けばいいのに。

議会の人達は余程俗物で愚かだとか？

だとしたらこの国はこんなに上手く回っていないわね。

……わからないわ。

私は視線をテーブルに向けた。

焼き菓子には手を付けずにおいて、メイドにあげることにしよう。明日もお茶の時間を持つのなら、お菓子の数は減らしてもらおう。

「……太りそうだわ」

明日からは、食事の量も減らして少し運動もしなければ。


翌日、私の元にシモンの奥様、アイリス・スシーアス伯爵夫人が訪れた。

仕事が早いわ、デュークス。

黒髪の、おとなしい印象のご婦人だが、どこかおびえているようでもあった。

「陛下から、お嬢様のお相手をするようにと申しつかりました」

挨拶をする手が震えている。

どうやら緊張しているようだ。

「ごめんなさいね。私がお願いしたの」

「お聞き及びかと思いますが、私は平民の出ですので、気の利いたお話はできないかもしれません。よろしいのでしょうか？」

「もちろん。だからお呼びしたのよ。私も貴族といえど男爵家だし、田舎暮らしだったので、高尚なお話はできないと思うわ。王都に来たのも今回が初めてなの。よろしければ街のお話など聞かせてください」

「そんなことでよろしいのでしたら」

アイリスは控えめで、話上手な方だった。

同席していたアロンソ夫人も加わり、女性だけの会話はとても楽しいものとなった。

新しく付けるはずだった若い侍女は、呪われた王の近くに来るのを恐れているらしく選考が難航しているとのことだったので、それならと断ってしまった。

アイリスからは、街で流行っているもの、人々の暮らし向き。城の中にいては知ることのできないことを色々と聞かせてもらえた。

彼女は夫であるシモンの許可を得て、今も街に出ているらしい。

また、慰問などもしているとか。

私はまだその立場ではないけれど、いつか王妃になれたら同行したいわ。

もしよければ、また遊びに来て欲しいというお願いもしておいた。

控えめな彼女は夫に聞いてから、と返事を保留したけれど。

昼食に招待したかったけれど、厨房の支度も大変だし、午後にはデュークスとのティータイムが待っているので、短い時間しかいられないのが残念だった。

その夫であるシモンが、昼食前に私の部屋を訪れた。

てっきり奥様を迎えに来たのかと思ったら、デュークスが議会に出席したことの報告だった。

「驚きました。リリアナ様に言われたからだとおっしゃっていましたが、午後も出席なさるそうで」

「あら、じゃあお茶の時間は取り止め？」

「いえ、その時間は退出するそうです」

……議会ってそんなものじゃないのに。

「リリアナ様には感謝しかありません。陛下が議会にご出席してくださるなんて。お陰で口論もなく、粛々と議題を進めることができました」

「怠け者の王様でも、恐れられているのね」

「気に入らない者はすぐに役職を解かれるからです」

シモンは知らないのですか、という顔をした。

「臣下の役職の任命権は王にあります。議会に出席なさったばかりの頃、気に入らないと言われた者が何名か役職を解かれました。それが怖いのでしょう」

「気に入らないからと言ってクビにしたの？」

「私が見ても素行も言動もよろしくない者でした。ただ、悩む様子もなく解任を言い渡したので、自分もそうなるかもという恐怖は与えたでしょう。自分が出席しては解任する者が増えるばかりだから議会には顔を出さないと決められたようです」

サボリじゃなかったのね。

我慢できないから逃げた、ということかも。

「余計なことをしたかしら？」

「いいえ。欠席が続けば陛下が議会をないがしろにしていると言われるところでした。それに、腹立ったら解任を言い渡す前に席を外すとおっしゃってましたし。それもリリアナ様の進言とか」

「……ええ、まあ」

「やはり感謝しかありませんね」

シモンは拝むように手を合わせて私に頭を下げた。

「止めてください。大したこともしていないのに。宰相様に頭を下げられるなんて、居心地が悪いですわ」

「いずれは王妃になられる方です。これから先は何度も頭を下げることになるでしょう」

それはそうだけど。

「それなら、奥様のアイリス様を私のお話し相手にする許可をください」

「アイリスをですか？　しかし彼女はまだ貴族の女性としては教育が不十分で……」

「あら、それなら私がお教えしますわ。アロンソ夫人のお墨付きですもの」

「しかし……」

「アイリスさんなら年も近いし、私が男爵令嬢でも気になさらないでしょう？　それに、王妃の話し相手という立場は宰相夫人には相応しい役職だと思うわ」

たとえ平民出でも、彼女自身が王家に関わりのある役職を得れば、それはアイリスの城での立場をよくするだろう。

ただ、私自身が男爵令嬢でしかないから、そんなに輝かしいものにはならないだろうけど。

「アロンソ夫人、彼女の言っていることは……」

「本当ですわ。リリアナ様は問題がないどころか、かつてないほど優秀な方です」

前王妃の侍女の言葉は重かったようだ。

シモンは仕方なくというふうではあったが、了承してくれた。

「よろしいでしょう。アイリスがよいなら」

王妃教育に時間がかかると思われていて、私の社交場への出席の予定はまだ入っていなかった。

その時間を使ってアイリスを教育しよう。

彼女がどこへ出しても恥ずかしくないレディになれば、社交界で私は孤独にはならない。

もしデュークスやシモンがかばってくれたとしても、女性のサロンには立ち入れない。そこでは、公爵、侯爵、伯爵と、私より身分の高いお嬢様達が待ち構えているだろう。

たかが男爵令嬢が、と。

でもアロンソ伯爵夫人と宰相の妻であるアイリスがいれば、たとえ三人纏めて無視されたとしても、たった一人で迎え打つよりはずっといい。

イジメって孤立から始まるものだから。

「では、明日は一緒に昼食を摂りましょうね。アロンソ夫人、手配をお願いします」

「かしこまりました」

宰相夫妻を送りだし、昼食を摂ったら午後はデュークスだ。

昨日と同じティールームへ行くと、デュークスはちょっと機嫌がよさそうに見えた。

切れ長の鋭い目が、少し笑っているように見えるもの。

「お待たせいたしました？」

「いや、議会が面倒だったので、早めに出てきた」

「シモン様が、大喜びでしたわ」

「昼食前にあれと会ったそうだな」

「奥様のお迎えに。私の願いを早々に叶えてくださってありがとうございます。アイリスさんはとても素敵な方でしたわ」

「礼を言われるほどのことではない。シモンに伝言しただけだ」

「あら、でも私の望みが叶ったのですからお礼は言うべきです」

そんなものか、というような顔をされてしまった。

「では俺も礼を言わねばならないな。俺が議場に入った時の連中の顔はとても面白かった。もっとも、その後はつまらなかったが」

それは皆ビックリしたでしょうね。不在が当たり前の王様がいたんだから。

「で？　今日は何の話をする？」

昨日別れてから、今ここへ来るまでに私は考えた。

デュークスにせかされて何か面白い話を考えるくらいなら、政治に無頓着な彼を教育する、と考えた方がいいのではないかしら？

彼の命令ではなく、私がしたいことをする、と考えた方が精神衛生上もいい。

なので、早速それを実行させてもらうことにした。

「陛下は兵士の訓練場を視察なさったことはありますか？」

「子どもの頃にはな」

「今はなさらないのですか？」

「俺が見てたからと言って兵士の腕が上がるわけではない」

「士気は上がります」

「士気？」

「はい。自分達が命を賭して守るべき相手が、自分達の訓練をねぎらってくれたなら、きっと『頑張ろう』と思うようになるでしょう」

「兵士など駒だ。ねぎらう必要などない」

冷たく言い放つ。

デュークスの中には暴君と怠け者が同居している。時々子供も混ざるかしら？　今のは暴君の彼ね。

「駒ではありません。人間です。感情で力量も上下します」

「そんなもので揺るがない実力を維持するべきだ」

「それができる方もいらっしゃるでしょうが、そうでない者も多くいるでしょう」

「役立たずだな」

人の心が理解できないのかしら？

「ではこう考えてはいかがでしょう。デュークス様が声を掛けるだけで、予算を増やすこともなく兵力が上がる、と。しかも忠誠心も上がるでしょう」

「予算が欲しければくれてやる」

そういう問題ではないのに。

「デュークス様は、誰かに褒められて嬉しくなったことはないのですか？」

「特には。……いや、昔はあったかもしれない」

昔、ということは無気力になる前ね。

「その時、頑張ろうとは思いませんでした？」

「期待に応えたいとは思ったかもしれない」

「それです！　そういう気持ちを引き出させるんです」

「だが俺は兵士の普段を知らない。上達したかどうかもわからん。それでは褒めようがない」

「では、有望と思われる者だけにお言葉をかけてください。そして他の者達には、お前達も精進すればば彼のようにもっと上に行けると期待を口にしてください。あ、デュークス様は剣の上手い下手がわかります？」

彼の目が、スッと細められる。

「わかる」

不服そうな声。バカにされたと思ったかしら？

「私、デュークス様の剣の腕前を知らないので、失礼なことを申しました」

「剣を握る姿など、見たくはないだろう」

「あら、そんなことはありませんわ。上手い剣技はまるで踊っているように美しいと思います。人を殺める姿は見たくありませんが、練習でしたら安心して見られますし」

私がそう言うと、彼はずいっと身を乗り出した。

「私が剣を振るう姿が見たいか？」

「上手いのでしたら」

「ふん」

鼻を鳴らして、すぐに身を引く。

「実戦でなければ不快ではないのか……」

「お子様の時にはとても上手かったと聞いておりますわ。どうして止めてしまわれたのです？」

「人を殺しそうだったからだ」

吐き捨てるような言葉。

「あら、ではあまり上手くないのですね」

私が返すと睨まれる。

「何だと？」

「だって、本当に上手い方なら殺さないように剣を使えるはずですもの。でもお子様でしたら仕方がありませんわね」

「お前は本当に物怖(ものお)じせずにものを言うな。俺を怒らせるとは思わないのか」

「怒らないと思っていますから」

「どうしてそう思う？」

「もしこの程度のことで怒るのでしたら、もうとっくに怒ってらっしゃると思いますわ。デュークス様は、他の人が言わないことを言う私に興味をお持ちなのでしょう？　でしたらどんどんそういうことを口にしないと。婚約を解消されてしまいますもの」

「王妃の座は望まないのだろう？」

「望みません」

きっぱりと言い切ると、彼は楽しそうに笑った。

「デュークス様が私を王妃付きの侍女として雇ってくださるなら名誉が守れるので、それで十分ですと申しましたわ」

「俺に王妃はいない。その望みは他に王妃候補が現れるまではできない相談だな」

剣の腕前の話題の時には気分を害してしまったかと思ったけれど、何故か機嫌がよくなってくれてよかったわ。

権力に興味がないことはプラス査定なのね。

「お前は剣は扱うのか？」

「護身術程度ならば。でも、男の方と戦えるような腕はありませんわ」

「女はその方がいい」

彼は安堵するように言った。淑やかな女性が好みなのかしら。

「女性の騎士はいらっしゃらないのですか？」

「さあな。知らん」

興味ナシ、か。

まあいいわ。他の方に訊けばいいのだもの。

「さて、次は何の話をしてくれる？」

でも私に対する興味は、まだ失っていないようだった。


王城に来て、一カ月。

お父様に事の次第を説明した手紙を送ると、心配する旨の返事が来た。多分、お母様絡みのことで栄誉と思うより不安が勝っているからだろう。

取り敢えず元気にやっていますから心配しないで、と送ってからは一週間おきに手紙が届いた。断って帰るはずだったのだものね。

そしてこの頃になると一日のルーティンが決まってくる。

午前中はアイリスと勉強、午後はデュークスとお茶。私が席を外している間は、アイリスが一人だけでアロンソ夫人のレッスンを受ける。

お茶の時間が終わるとまた私も合流して、夕食までまた勉強。

アイリスは貴婦人としての嗜(たしな)みを学ぶのだが、私は国のことについて学んでいる。なので、私が彼女に教えたり、彼女が私に教えたりと、その時々で立場が変わる。

城に来てから変わらない毎日だけれど、変化は別のところで起きていた。

デュークスだ。

最初は、私の部屋にお菓子が届けられたことだった。

アイリスが、「私が選んだものです」というから彼女からの贈り物かと思ったら、「国王陛下から、リリアナ様に流行り(はやり)の菓子を贈るようにと」と続いた。

「私に？　デュークス様から？」

「はい。リリアナ様がお菓子がお好きなようなので、部屋でいただけるようにと。ただし、量は少なくてよいといわれましたので、箱の可愛らしいものを選びました」

私が甘い物が好きと言ったことと、食べられる量には限度があると言ったことを覚えていたのね。

でもお菓子ならお茶の時間にいただいているのに。

そしてこのお菓子の贈り物は毎日続くようになった。

こんなに食べられないとお茶の時間に注意をしたのだが、余ったらメイドにやるのだろう？　と異議は流されてしまった。

更に、同じく毎日のように届いたのがお花だ。

居室のテーブルの上に毎日違うお花が飾られ、メイドが笑顔で「陛下からです」と告げたのだ。

これもお茶の時間に文句を言った。

「私を花で窒息(ちっそく)させるおつもりですか？」

「女は花が好きだろう？」

「限度があります。せめて一週間に一度にしてください」

「王妃の部屋に枯れた花は似合わない」

「まだ王妃じゃありませんし、花は一週間で枯れたりしません」

ここは何とか私の意見が通って、花は一週間に一度となった。

けれど、次はドレスだ。

「陛下から、少なくとも三十着は新しいドレスを仕立てるようにとのご命令です」

「三十？」

「最低限ですわね」

この戦いは完全敗北だった。

何せ、相手はデュークスではなくアロンソ夫人なのだ。

「そんなにあっても、着て行く場所が……」

「これからのことをお考えください。王妃教育を終えられた後には、王城主催のパーティはもちろん、各家がこぞって招待なさるでしょう。未来の王妃が同じドレスを着ているわけには参りません。また、簡単に作れるドレスであるはずがございません。パーティ用だけでなく、人目につく場所に出る時のものや乗馬をなさるなら乗馬服も必要です。三十着は『最低限』でございます」

笑顔のままくし立てられて、反論の余地もない。

そうよね。皇妃だった頃は、自分だって衣装部屋にびっちりドレスが並んでいた上、数年で侍女に払い下げたりしていたもの。

　王妃というのは貴族の女性のトップオブトップ。皆の手本であり、憧れでなければならない。だからお金がもったいないから、なんて理由で質素なドレスでいることは許されないのだ。

　もし、前々世から今に転生していたら、当然だと受け入れていただろう。でも前世で貧乏を味わってしまうと、やはり罪悪感がある。

『現代』ではファストファッションばかりだったから。

　アロンソ夫人はついでだからと、靴や帽子などの小物も買(か)い揃(そろ)えた。

　この気持ちをわかってくれたのはアイリスだけだ。

「わかりますわ。何回も着ないドレスに大金を支払ってるのかと思うと、気が重くなってしまいますよね」

　庶民感覚の共有できる人がいて、本当によかった。

「男爵家では母のドレスを直して着たりしていたの。パーティも全然出席していなかったし。動き易くて汚れにくいドレスが一番好きだわ」

　ここまでは、完敗を認めた。

　けれど続いて宝石が届けられた時には、デュークスに断りを入れた。

「女は宝石が好きだろう」

　その女性を十把一からげにするのは止めて欲しいわ。

「嫌いではありませんが、必要ではありません」

「これから必要になる」

自分はいつもラフな格好のクセに。

「でも宝石には好みというものもあります。持ってるドレスに合わせるとか。石が大きいからという理由で選ばれても使えないんです」

「ではどういうものが欲しい？」

「今のところは前王妃様のものをお借りできれば十分です。どうしてデュークス様はそんなに私に贈り物をなさるのですか？」

愛しているわけでもないのに。

「リリアナのことは気に入っている。だから喜ばせてやりたい。だが俺の知っている女を喜ばせる方法はどうやらお前には合わないようだな。抱こうとすれば断る。菓子に花にドレスに宝石。たいていの女が喜ぶものも断ってくる」

諦めたようにため息をつかれてしまった。

「私は、デュークス様が立派な王になられることを喜びます」

「立派な王とは何だ？」

「真面目にお仕事をなさる方ですわ」

「難しいな」

それが当たり前なのよ。

「だが、そうすればお前が喜ぶんだな」

「はい」

「では、やってみよう」

「……え？　私を喜ばせるためにしてくれるのですか？」

デュークスの私を見る目には、やはり愛情は感じられない。むしろ、私を通して誰かを見ているような気さえする。

なのに私を喜ばせるために立派な王になってくださると言うの？

「シモンが、お前は王や王妃の何たるかを知っている娘だと言っていた。俺がお前を選んだのはよいことだと褒められた、大切にしろと。お前の望むことを叶えれば、俺は善き王になれるだろう。お前を失わないために喜ばせるのは必要なことだと思っている」

「シモン様がお好きなのですね？」

「別に。だが、あれは疑うべきもない忠臣だと思っている」

デュークスは、人の心の機微がわからないのだわ。その中でもきっとシモンだけは別なのね。

乳母の息子として幼い頃から兄のように側にいたのでしょうし、権力争いをする貴族社会の中で愛のために地位を捨てた彼に信頼を置いているのだわ。

もしかしたら、本人が気づいていないだけで兄のように慕っているのかもしれない。

そのシモンが、私を大切にと、私が王の何たるかを知っていると言ったので、私の言葉を実行しようとしているのだわ。

彼は、私を通してシモンを見ているのだ。

出会ったばかりの男爵令嬢の言うことを聞いてくれるなんて、おかしいと思ったのよ。

「では、遠慮なく申し上げます。まず陛下は人前にもっとお姿を見せてください」

「デュークスと呼べと言っただろう」

呼び方にこだわるのも、何か理由があるのだろう。睨まれて、訂正する。

「失礼いたしました。ではデュークス様は、もっと身なりを整えて人前に姿を見せてください」

「何故？」

「権威と象徴は、姿が見えないと薄れていきます。議会に出席した時に議員や大臣達が居住まいを正したのをご覧になったでしょう？　毎日とは申しません、デュークス様に『親しみのある王』は無理だと思いますので。でも時々は美しく威厳のあるお姿を見せた方がよいと思います」

「威嚇、か。いいだろう」

「予算が許せば、貧民への施しも行って欲しいと思います」

「リリアナの言った監査のお陰で、余剰金が出た。どこへバラ撒けばいい？」

「バラ撒くのではありません。できれば仕事を与えたいのですが、道路や川の整備が足りないところはありませんか？　そこで人足を雇うのです。無償の施しは働く気力も失った人々や子供、老人などだけにすべきです。どこにそういう人々がいるのかわからないのなら、専任の部署を立ち上げて調査しましょう。その部署には平民から登用を募るのです」

ここぞ、とばかりに私は正しき王としての務めを並べ立てた。

まず大切なのは衛生。上下水道の完備、病院の建設、孤児院を設立。薬品を研究する施設を作ること。予算の問題があるので、手を付けるのは順々に、だが。

次に税収制度の見直し。調べてわかったけれど、この国の税制は貴族に有利過ぎる。いきなり全てを改革すれば反対する者も多いだろう。

だが、幾つか優遇措置を与えられることもあった。

たとえば特産品。領地の名前を付けた品物を売ることを許す。特産品に関しては税金をいくらか免除すれば、貴族達は自分の領地の開発に力を入れるだろう。

特産品の認可には厳しい試験を与え、それに合格すれば国が認めたというお墨付きを与える。

交易を盛んにするため、道路の整備も行う。資金は、その道路の恩恵を受ける領地を持つ貴族にも負担してもらえば、国の負担は減るだろう、等々。

デュークスは、途中幾つかの質問は挟んだが、黙って聞いていた。

「今言ったことを書面に書き起こして、シモンに渡せ。全ては叶えられないかもしれないが、あれと相談してみよう」

最終的にはシモンの裁定なのは気になるけれど、シモンが優秀な宰相であることは私も認めるのでよしとしましょう。

「そろそろ時間だ。続きは今夜お前の部屋で聞こう」

「私の部屋ですか？」

「寝室へ行くが、手は出さないと約束しよう」

からかうように、にやりと笑われてしまった。

「あなたの約束を疑うようなことはしませんので、安心してお待ちいたします」

「『あなた』？」

あら、いけない。呼び方にこだわりのある方に不敬だったかしら。

「訂正いたします。デュークス様の」

「いや、いい。お前には『あなた』と呼ぶことを許そう。いい響きだ」

視線は私に向けてはいなかったけれど、その時に浮かんだ笑みは、いつもと違って柔らかいもののように見えた。

そうだわ。彼にはもう家族はいない。両親である前国王夫妻は亡くなられたし、兄弟もいないのだから、デュークスを『あなた』なんて呼ぶ人はいないのだ。

もしかしたら、私が『陛下』と呼ぶのを拒むのもそのせいかもしれない。

「お前は王妃になるのだ。言葉遣いももっと砕けても構わないぞ」

「まだ王妃ではないので、考慮いたします」

「リリアナは意外と頑(かたく)なだな」

今度は私を見て笑った。

けれど、その笑みはさっきのような柔らかさはなかった。


「本当に、リリアナ様が未来の王妃となることは、我が国にとって僥倖(ぎょうこう)です」

私とアロンソ夫人とアイリスのお茶の時間に同席したシモンは、万面の笑みでそう言った。

この城にやって来てからはや三カ月。

アイリスもすっかり貴婦人としての教育が終わり、どこに出しても恥ずかしくないレディとして自信を付けてきた。

アロンソ夫人は、未来の王妃と宰相夫人を完璧に仕上げたことに大満足。

そしてシモンも、この様子だ。

あの日、『立派な王様計画』を紙に書いてシモンに提出しろと言われた私は、言われた通りにした。

シモンは目を丸くしながら受け取り、大絶賛をした。

が、これが実行されることは難しいだろうとも言っていた。

その夜には、デュークス様が寝室を訪れ、遅くまで私の話を聞いてくれた。

お茶の時間の時には近くに給仕が控えているが、寝室では私達二人きり。この方がいいということで、彼はこれから話は寝室でしようと言い出した。

私が偉そうに王に意見しているのを他人に見られるのはよくないかもしれないと思ったので、それを了承した。

ただし、来る前には連絡が欲しいことと、毎日ではもう話のネタが尽きてしまった上、新しいことを学ぶ時間もなくなるので数日ごとにして欲しい、と。

結果、彼が私の寝室を訪れる日には、一輪のバラが届けられるようになった。

その意味を知っているのは私だけなので、傍目からはお茶の時間が取りやめになって私達は殆ど顔を合わせなくなったと思われているだろう。

シモンが心配してせめて夕食だけでもご一緒に、と必死に彼に訴えていたくらいだ。

暫くしたら、どこかで私達が話をしていることには気づいたようだが。

それはそうだろう。

何せ、私が出した『立派な王様計画』に沿って、デュークスが変わっていったのだから。

「陛下が議会に顔を出してくださるようになっただけでもありがたかったのに、重鎮である方々の重要なパーティには挨拶だけですがお顔を出してくださるようにもなりました。街から土木建築に携わる者を登用し、国内の整備を行うということで調査も開始。まずは王立のもの一棟ですが、病院の建設も始まりました。税制の改革と、各領地での特産品制度は現在議会で検討中ですが、近く制定されるでしょう」

うっとりとした口調で語るシモンだったが、突然申し訳なさそうに視線を下げた。

「ただ、その功績が私のものになっているのが心苦しいことです」

「一介の男爵令嬢の発案では、一蹴されて終わりですわ。陛下の信頼の厚い宰相閣下の、陛下の後押しを受けての提案でなければ、議会は歯牙にもかけなかったでしょう」

そう。

この一連の提案に関して、発案者は全てシモンということになっていた。

今までデュークスが表に出てこなかったのは、これらのことをシモンと話し合っていたからだ、ということにして。

お陰で、デュークスの人気は、元からの彼の美しさもあって今貴族にも民衆にも急上昇中だ。

「手柄を独り占めというのは性に合わないでしょうが、私の安寧のためにご助力ください」

「そんな、とんでもないことでございます」

私が自分の手柄を彼に譲るには幾つかの理由がある。

一つは、たかが田舎の男爵令嬢がどうしてこんなことを考えついたのか、と私のことを調べ回られては困るから。

お母様の一件があるので、面倒が広がるだけでなくそれは隣国をも巻き込む騒動になってしまうだろう。

次に、今言ったように男爵令嬢にすぎない私の発案では、どんなによい事であっても受け入れてもらえない可能性が高いということ。

この世界はまだ女性の社会進出なんて遠い話。男爵という地位だけでなく、女性が考えたということでも反対者が出るかもしれない。

三つ目は、シモンの立場を盤石にするため。

シモンは伯爵家の出身で、一度は勘当された上、奥様は平民。いかに陛下のお覚えがよくても、いえ、だからこそ妬みや嫉みも多いだろう。

陛下に気に入られただけで宰相になった、と言われては困る。

デュークス自身が忠臣と認めているシモンを、デュークスの側から離したくなかった。

私にとっても、理解あるシモンが宰相でいてくれた方がありがたい。

なので、彼には誰の目にも明らかな手柄を与えたかったのだ。

「シモン様、リリアナ様が素晴らしい女性だということは、今この席にいる三人にはよくわかっていることです。ですから、そろそろ他の方達にもリリアナ様の素晴らしさをお示しになるべきではありませんか?」

私とシモンの会話を黙って聞いていたアロンソ夫人が口を開く。

何故か、どこか圧のある声で。

「陛下は今まで大勢の方が集まる場所を好まれませんでした。前王の喪に服すという理由もあり、王家主催のパーティは暫く開かれることがありませんでした」

「いえ、儀式の後にパーティと呼べる集まりは催してまいり……」

「陛下は儀式のみに参列し、後のパーティは欠席でしたね？」

「ええ、まあ」

シモンが負けているわ。

元王妃様付きの侍女ですもの、どんなに優しげに見えてもアロンソ夫人の方がキャリアも迫力も上ということなのね。

「陛下が皆に慕われるのは大変よいことです。ですが、それによる弊害というものもございます。それが表に出ないうちにリリアナ様が陛下の婚約者であることを知らしめるべきです」

「リリアナ様が婚約者であることは、既に議会も認めていることです。知らしめるとは……？」

アロンソ夫人がキッと眉を上げたので、慌ててアイリスが夫の服を引いた。

「あなたや議会に出席した方々はご存じでしょうが、他の貴族の方はまだ候補としてしか認識していないはずですわ。陛下の御名が上がれば、今まで呪われた陛下と婚約を避けていたお嬢様方がご自分の方が相応しいと言い出すかもしれないことを危惧しているのです」

アイリスの言葉に、シモンだけでなく私も頷いてしまった。

ここへ来て随分経（た）つから、すっかり自分が婚約者だと思い込んでいたが、それは議会が『誰でもいいから早く婚約させよう』とした結果、生き残ってる私でいいやとなったもの。

もし陛下の婚約者になりたいと、公爵家のご令嬢辺りが名乗りを上げたら、その議会ですらやっぱり名家のお嬢様の方がいいと言い出すかも。

「しかし、陛下はリリアナ様以外の女性は考えていないと思いますよ」

「わからない方ね。それは陛下のお心だけでしょう。貴族連中が徒党を組んで『このお嬢さんの方がいい』などと言い出したら、騒ぎの元だと言っているんです」

夫人のひと睨みに、シモンは萎縮した。

「婚約発表には他国の方をお呼びしたりと準備に時間がかかるもの。ですからすぐに婚約発表とは言いません。パーティ嫌いの陛下がパーティに出席し、女性をエスコートしたことのない陛下がリリアナ様の手を取る。少なくともまずそれぐらいはしておかないとなりません」

「……はい」

シモンがどんどん小さくなる。それを助けるようにアイリスが助言した。

「そうだわ、あなた。今度設立する王立病院の慈善パーティを開いてはどうかしら？　それならば陛下が出席なさる理由もありますし」

「あら、それはいい考えね、アイリスさん」

「夜会では準備も必要でしょうが、慈善パーティなら豪華にする必要はありませんから、準備も簡単で済みますわ」

「まずは慈善パーティを行って、その間にちゃんとした夜会の支度をしましょう。リリアナ様の美しさを示すにはきちんとドレスアップをしなくては」

「ええ。そうですわね」

最早、私の出る幕はなく、昔取った杵柄のアロンソ夫人と貴族教育を完遂したアイリスが、きゃっきゃっしながら完璧なパーティの計画を立て始めた。

シモンも、やり込められて口が挟めずメガネを拭いている。

「彼女達に任せるしかないみたいね」

私も手も足も出ないわ、という顔で黙るしかなかった。


夕食前に一輪のバラが届いたので、私は部屋着に着替えてデュークスを待った。

本当はドレスのままでいたかったのだが、メイド達が下がる前に部屋着に着替えさせられてしまうので仕方がない。

寝室には、元々小さな丸テーブルと一人掛けの椅子が二つ置かれていた。けれど今はそこにふかふかの長椅子も運ばれている。

寝室を訪れるデュークスは小さな椅子が気に入らないようで、ベッドの上に座るから私が用意したのだ。

「パーティを開けと言われた」

今夜も、彼は寝室に入って来るなりその長椅子の上へ座った。

私は向かい合うように据えた小さな椅子に腰掛ける。

「慈善パーティでお前をお披露目しろと」

不満げな口ぶり。

やはりパーティは嫌いらしい。

「私が望んだわけではありませんわ。アロンソ夫人からの提案です」

「それも聞いた。理由もな。そう言われてしまえばお前を連れて出ない訳にはいかないだろう」

「ではご出席いただけるのですか？」

「仕方がないだろう」

「でもパーティに出席するならダンスも踊らなくてはいけないのでは？」

「一曲ぐらいなら踊ってやってもいい」

「まあ、本当に？」

「……嬉しいのか」

「それはまあ、正式なパーティで踊るのは初めてですし」

「男爵家ではパーティを開かなかったのか？」

「うちは貧乏でしたから」

本当は、母を他の貴族達に会わせたくないからというのもあったのだろう。

「パーティといえば、親戚が集まる程度でした。それに私は社交界にデビューしていないんです。だから他家のパーティにも出席しませんでした」

「その歳で？」

言われると居心地が悪い。

普通なら十代でデビューするのが普通なのに、私はもう二十歳を過ぎていた。婚約者もいないし、行き遅れと言ってもいいだろう。

「では美しく装って出席するといい。その美しさを見せつけてやれ」

「私はそんなに美しくはありませんわ」

「謙遜か？　美しい金の髪にスミレ色の瞳、バラ色の唇、十分に美しいだろう」

率直に褒められて恥ずかしくなる。

そういえば、最初の夜にも美しいと褒められたのだわ。……その後にキスされたけど。

「陛下の美しさには適いませんわ」

「男が美しいと言われても嬉しくはない」

フン、と鼻を鳴らしてそっぽを向く。

「でも私は美しくて凛々(りり)しいお姿は好きですわ」

「お前が気に入ってるならいい」

機嫌が直って彼がこちらを向く。

「こちらへ来い」

いつもはそんなことを言わないのに、彼は座っている長椅子の空いている場所を示した。

「もう部屋着ですから」

「だから？」

薄着だということは行かない理由にしてくれないのね。

逆らうわけにはいかないから、立ち上がって少し距離を置いた場所に座る。

「もっと近くに来い」

肩を抱かれて胸が騒ぐ。

「あの……」

「細いな。強く抱いたら折れてしまいそうだ」

「それほど華奢ではありませんわ」

手は、私の腕を取り、その細さを確かめるように触れた。

いやらしい触り方ではないから我慢できるけれど、男の人に触られることに慣れていないから緊張してしまうわ。

「女の手は皆細い」

「他の女性のことを思い浮かべてます？」

答えはなかった。

ただ暫く間を置いてからポツリと呟いた声は聞こえた。

「母も細かった」

彼が、家族のことを話すのは初めてだ。

「お母様がお好きでした？」

「両親には感謝しかない。彼等は私を大切に育ててくれた」

どこか他人事のように話すのね。

でも私の手を取ったままでいるのは、お母様を思い出しているからだろう。

「お前は護身術程度は使えると言っていたな。こんな細腕で剣を握るのはどんな思いだ？」

「通常は女性ですから、強い殿方の邪魔にならないように守られることに務めます。けれどそんな方がいなかったり、私より弱い者がいたりした場合は、私が盾になります」

「薄い盾だな」

「ええ、ですから望んで剣を学んだ方以外の女性は、余程の覚悟がなければ剣など握らないと思います」

「母には、護衛の女騎士がいたが、お前にも必要か？」

「今は必要を感じませんわ。お城の奥におりますし」

「だが今度のパーティで人前に出る。もっとも、お前に向けられるのは敵意ではなく憐れみの視線かもしれないな、何せ私は呪われた王だ」

「呪いはご自分で作り上げた嘘でしょう？」

「さあ、どうだかな」

「嘘です。本当のデュークス様はできる方ですわ。呪いなんてカケラもないじゃありませんか。大体、どうしてそんなにおサボリの癖がついてしまったんですか？」

「おサボリって……、子供扱いだな」

「できることをなさらないのはおサボリです。デュークス様は議会に出席し、さまざまな難問を片付けてらっしゃいます。やればできるじゃないですか。それなのに今までやってこなかったのはどうしてです？」

「俺だけではできない。シモンとお前がいてこそだ」

彼はそこで言葉を切って遠くを見た。

「俺には、正しい政治がわからない。何をしたら民が喜ぶかも。両親から帝王学を学ばせてもらったことは本当に感謝しているが、それをどう実践すればいいのかがわからないんだ」

静かな声。

これはこの人の本音だわ。

「わからないままに王として動けば人を苦しめる。だから何もしない方がいいのだと判断した」

腕に触れていた手が、いつの間にか私の手を握っている。

しかも指を搦(から)める、いわゆる恋人繫ぎで。

でも彼の視線は遠くを見たままで、私には向いていない。これは無意識にやってるということかしら？

「私が何もしないでいるから、この国は平穏に回っている」

指先に少し力が入っている。握っているというより、縋（すが）ってるみたいに感じてしまう。

「父が生きていれば、この国はもっと安泰だっただろうな」

「先王はお身体が丈夫ではないと伺いましたが、ご立派な方でした？」

「もちろんだ。色々なことを計画し、手掛け、成功させていた。家臣も民も慕っていた」

もしかしたら、だけど。デュークスはお父様と自分を比べてしまったのかしら？　確か彼が無気力になったのは十五の時と聞いた。多感な時期だわ。

憧れる父に届かない自分と思い込んで、やる気をなくしてしまったのかも。追うべき背中だった先王が亡くなると、それが更にこじれてしまった。自分がやらなくても、父の成した偉業で国は回っている、と。

「デュークス様は、きっと素晴らしい王になりますわ」

繋いでいる手を、私から強く握り返す。

私から握ったみたいな驚いた顔をして、彼が視線を手に向ける。

「お前は俺のことなど何も知らないだろう。何故そう自信ありげに言えるんだか」

ふっと笑い飛ばされる。

「確かに、よくは知りません。でも知っていることもあります。デュークス様は、決断のできる方です。私やシモン様の話を聞くことぐらいは誰でもできます。でもそれを実行しようと決断できる人は稀(まれ)です」

「それはお前やシモンがよい提案をしたからだろう」

「私達の話を『よい提案』と判断できる方でもあります。民のためになることがいいこと、罪を犯した者を断罪するのはいいこと、その判断もできているではありませんか」

「お前は本当に俺を『善き王』と思っているのか？」

「もちろんです」

私はもっと酷い王を知っているもの。

前々世の夫であった皇帝、タウラスも善き皇帝とは言えなかった。でもそれ以上に、周辺国の王は酷かった。重税を課し、己の贅沢のために浪費する。取り巻きの声しか聞かず、忠臣を疎む。

だからタウラスが戦争を続けても家臣達も反対しなかったのだ。最初は。

「あなたは民を虐げない、浪費もしない。不興をかっても意見をする者を忠臣と呼んでいる。乱暴でもなく、戦争も望まない。これが善き王でなくて何だと言うのです？」

「……リリアナ」

彼の青い瞳が微かに揺れた。

「お前に言われるとその気になる」

そして握っていた手を解くと、私を抱き締めた。

「あ、あの……、デュークス様。そういうことはしないと……」

「抱擁は許されるのだろう？」

「ええ、まあ」

最初の時に、それぐらいならと言ってしまった覚えはある。あの時はそのまま押し倒されるんじゃないかと思ったから譲歩したのだ。

あの後、そういう素振りは見られなかったからもう忘れてると思ってたのに。と言うか、私は忘れていたのに。

「キスは軽いものだったな？」

言うなり、唇が軽く押し当てられる。

「もっと激しくてもいいのだが、結婚までは我慢する約束だ」

「そ、そ、その通りです。デュークス様がお約束を守ってくださる方でよかったですわ」

不意打ちはヤバイでしょう。

イケメンがいきなりキスしてくるなんて、心臓のドキドキが止まらなくなってしまう。

「不思議だ。お前を抱いていると気持ちが落ち着く」

「それは……、ありがとうございます」

何でお礼を言ってるのよ。

文句を言いたくても、抱擁もキスも自分が許可した範疇内だから何も言えない。それに、私を抱き締めてる腕も、いやらしい感じではないし。

何より、さっき意図せず私の手を握り締めていたことを思うと、子供が甘えてるだけなのでは、と考えて突き放せなくなる。

「今夜は一緒に寝よう」

「は？」

「手を出さなければ『抱擁』の範囲だろう？」

「でも、ベッドは……」

「縦になってるか横になってるかの違いだ。来い」

手を取られ、ベッドに連れ込まれる。

これ、どうしたらいいの？

「あの……、デュークス様？」

「眠る時は静かにしていろ。でないと、唇を塞ぐぞ」

何で？

布団を捲り上げ、さっさと自分は中に横たわり、隣をポンポンと手で叩いて示す。

「……絶対に手は出しませんね？」

「ああ」

デュークスは、今まで嘘はついたことがなかった。ここは信じてみよう。

もし何かしたら『約束が違う』と叩き出せばいい。

躊躇(ためら)いながらベッドに上がり、彼の隣に横たわると腕が私を抱き寄せた。

前の時と一緒。こちらは緊張しているのに、デュークスの方はさっさと眠りに落ちてしまう。

前と一緒、と思ってから気づいた。そうだわ、あの時も、彼は私を抱いて安心したように眠った。

母親の話も出ていたし、彼は私を母のように思っているのかしら？　亡くなったのは成人してからだと思うのだけれど。

マザコン？

いや、私をお母様と比べることもないし、今まで母親の話もしてこなかったから違うだろう。両親の話すら、今日初めて聞いたようなものだし。

「睫毛(まつげ)長い……」

目の前にある彫像のような寝顔。一回見たからか、今日は落ち着いて見つめられるわ。この間はただ緊張するばかりだったから。

前々世の夫以外の男の人と同じベッドに入るなんて、初めてだものね。

デュークスとタウラスは、どこか似ているところがある。感情表現が乏しいところとか、国内情勢に興味がないところとか。

……私に甘えるように抱き着くところとか。

でも決定的に違うところもある。タウラスは、両親を憎んでいた。さっきのデュークスのように、親への感謝なんて口にしたこともない。思ったこともないだろう。

信頼する家臣なんて、一人もいなかった。弟のアライスですら遠ざけていた。

彼が取った国策はたった一つ、戦争をして国を大きくすることだけ。でもデュークスは民のことを考えてくれている。

私はデュークスの妻になるだろう。

ここまできて逃げることは許されないし、逃げるつもりもない。

でも、私はデュークスを愛せるかしら？

彼のことは、既に結構好きだと思う。

からかわれるとドキドキするし、笑ってくれると嬉しい。容姿も、まるで夜の王のようで美しいと思う。

人を愛するのは理屈ではない。どんなにいいところがあっても、どんなに悪いところがあっても、『この人が好き』と思ったところから始まってしまう。

タウラスを愛したのは、少女の憐憫（れんびん）からだった。周囲が決めた婚姻だったけれど、自分が彼の安らぎになれることが嬉しかった。

恐ろしい皇帝と言われても、惹（ひ）かれることは止められなかった。

彼が苦しんでいることを知る頃には恋になり、やがて愛となった。

初恋だった。

この人のためなら何でもできると思った。

デュークスは、苦しんでいるのかしら？

父親と比べて自分が無能だと思い、全てを捨ててしまったのかしら？　母親に甘えることができなくて、その気持ちを思い出して私の手を握ったのかしら？（実際甘えていたのかどうかはわからないけれど）

この人は、傷ついている人なのかもしれない。

一度傷ついて、臆病になって、無気力になってしまったのかもしれない。

彼を愛せるかどうかはまだわからないけれど、シモンや私に目をむけて、一歩踏み出そうとしているデュークスを支えたいという気持ちはあった。

あの時と同じように、安らぎになりたいと。

これは恋に変わるのだろうか？

「……」

デュークスが小声で何かを呟き、私に回していた腕に力を込める。

それがやはり子供が甘えてくるように思えて、私も彼の身体をそっと抱き締めた。

「ここにいますわ」

どんな役割でなのかはわからないけれど、この人の側にいようと思って。

翌朝、デュークスはまた目覚める前に姿を消していた。

寝起きを見られるのが嫌いなのか、早起きなのか。

そのままいつもの日程をこなしていると、メイドが今日の昼食には陛下もご同席されますと伝えてきた。

珍しい。

会うのは夜に寝室で会っているが、テーブルのある場所で会うことはなかったのに。

アロンソ夫人は、陛下のお気持ちがリリアナ様に向いてきたのですわと喜んでいた。わざわざ髪を結い直して新しいドレスに着替えさせるほどに。

そして昼食時、食堂に向かおうとするとメイドは別の場所へ私を案内した。

「本日はお天気がよろしいので、お庭でとのことでございます」

……益々珍しい。

何か企まれているのでは、と警戒しながら庭へ向かうと、ガゼボにテーブルが設えられており、デュークスが待っていた。

「素敵な場所ですわね」

花に囲まれたガゼボは、お世辞ではなくよい場所だ。

「食堂のテーブルは広すぎる。ここならお前の顔がよく見えるし、話もできる」

「私も、二人きりなのにあの広さは寂しいと思ってましたわ」

彼の向かいの席に座ると、控えていた給仕がお茶を淹れてくれた。

「今日はどうしたのですか？　お食事は一人の方がいいとおっしゃっていたのに」

「お前の顔を見たいと思っただけだ」

真顔で言われるとちょっと照れるわ。

「大した顔でもございませんわ」

「お前は自分の見た目に自信がないのか？　いつも卑下するように言うが」

「自信がないわけではありません。でも、世の中にはもっと美しい方もいらっしゃるでしょうから、自惚れないように気を付けてはおります」

「俺はお前以外に美しいと思った女は一人しかいない」

お母様のことね。

「デュークス様はパーティに出席なさらないからです。パーティに出席する貴族の令嬢達は、皆さん美しく装って磨き上げられた宝石のようですわよ」

「お前も装うのだろう？」

「もちろん。デュークス様に恥をかかせぬよう尽力いたします」

「お前がどのような格好をしていても、俺の恥にはならん」

「あら、私は陛下の婚約者候補ですもの。変な格好をしていたら『あんな娘を選んだのか』と言われてしまいますわ」

陛下、と言ってしまったからか、彼がこちらを睨む。

「では俺が今と同じ格好で出席したらお前が恥をかくわけだ」

「私は恥とは思いませんが、王の威厳は台なしですわ。私はデュークス様を美しく凛々しい方だと思っております。ですから皆にもその姿を見せたいと思います。……まさか、今までパーティなどにそのお姿で出席していたのではないでしょうね？」

疑問をぶつけると、彼は肩を竦めた。

「そうしたかったが、シモンがうるさい」

やはり彼にはシモンが必要だわ。

シャツにズボンだけでパーティに出席するなんて、『現代』で言えば会社にパジャマで出勤するようなものだもの。

「今度のガーデンパーティには、青い礼服をお召しくださると嬉しいですわ。明るい色の」

「何故？」

「アロンソ夫人が私の着るドレスを青に決めたからです。色が合わせられると嬉しいので」

「嬉しい、か。いいだろう、では俺の服もアロンソ夫人に選ばせろ」

「よろしいのですか？」

「服に興味はない。お前が喜ぶなら、それでいい」

私を喜ばせる。

彼が私に母親を重ねているのだとしたら、お母様を喜ばせたかったのかしら？

完璧な父がいたのなら、母親の喜びは全て父が与えてしまっただろう。少年だった彼は、そこにも引け目を感じていたのかも。

自分では、母親を喜ばせられない、と。

「まあ、嬉しい」

私は少し大袈裟なほど喜んで見せた。別に嬉しいのは嘘ではないもの。

「あなたが衣装を揃えてくだされば、後ろ盾のない私に対する厭味も減るでしょう。何より、私が楽しみですわ」

「贈り物で喜ばないのに、こんなことで喜ぶのか」

少し空気が和らぐ。

「そういえば、女性はこういうことを喜ぶとあなたに教えたのはどなたですの？」

抱けばいい、贈り物をすればいい、なんてシモンが助言したとは思えない。

「大臣の一人だ。何人か前の婚約者が決まった時に、自殺など考えられないようにそうしたらいいと進言してきた。シモン以外の進言は、やはり役に立たたんな」

シモンを信用するのはいいけれど、他の方との距離を広げてしまうのはよくないわね。

「その方はそのやり方で成功したのでしょうが、女性はそれぞれ受け取り方が違う、ということですわ。他人の意見というものは、あくまで他人のものとして受け止めればよろしいのです。参考にするのはよいけれど、それを丸のまま信じてしまうのは危険なこと。最後に決断するのは自分だとわかっていれば、色々の意見を聞くのは大変よいことだと思います」

「面倒臭い。判断のできる人間に任せた方が楽だろう」

「それで失敗したら、あなたは判断をした人に罪を負わせるでしょう？　私は、私が決めたことなら後悔はしない。後悔したとしても、それは自分だけのもの。他人のせいにすればその人を恨んだり憎んだりしてしまうでしょう。それは嫌です」

「ではお前が今ここにいるのは、お前が決めたことか？　家や王命に従ったのではなく」

「もちろんです。逃げるつもりなら、最初のシモン様の申し出を喜んで受けていたでしょう。今だって、別に幽閉されているわけでもないのですから、嫌なら出て行きますわ」

「それは困るな」

彼はふっと笑った。

「逃がさぬために、お前が喜ぶことをもっと教えろ」

「それを探して、考えてください。デュークス様がご自分の頭で考えてくださることは、『嬉しいこと』ですわ」

私が言うと、彼は顎に手を当て、考える仕草をした。仕草だけでなく、本当に考えてくれているのか、無言が続く。

「剣を振るう姿を見たいと言っていたな？」

「私の言ったことを覚えていてくださったのですね。それも『嬉しいこと』ですわ」

「では、今度練兵場に見に来るといい。久々に剣を握ってみよう。お前が見ていれば大丈夫だろう」

「久々なんですか……？」

それで大丈夫？　という気持ちを見透かしたのだろう。彼は続けた。

「俺が無様だったら、騎士団長のものを見せてやる。あれは上手いだろうから」

そうは言っても、腕に自信があるのは浮かべている笑みでわかる。

「では楽しみにしております」

「期待されるなら、少し練習してからだ」

初めて出会った時から比べると、随分と穏やかで能動的になった彼を見ながら、私は向けられている好意を感じていた。

彼はちゃんと相手を見ることができる。人の言葉も覚えていてくれる。

そしてそれが、彼の本質なのだろうと思っていた。

デュークスは、ちょっと怠惰だったけれど、もう他の人にも普通に応対できるだろうと。

そしてきっと、善き王になってくれるだろう、と。

金色の髪を、サイドだけ結って後ろは流したままにしたのは、デュークスが長い髪が好きだから結うなと言ってきたからだった。

アロンソ夫人は確かにこの方が私に似合うと言ってくれた。

「陛下には、青の礼服をお選びいたしました。夫の意見を聞いて濃い青ですが、飾りは銀にしたので、きっと明るい印象になるでしょう」

そしてその礼服と揃いに見えるように着せられたのが、私が今着ている薄青のドレスだ。

この国ではまだ珍しい、レースのようなジョーゼットを重ねたふわふわのスカート。これは私の提案だ。

痣を隠すために左の肩だけしっかりと覆ったアシンメトリーな襟元。

そのスタイルではネックレスは合わないのでチョーカーにしたが、その真ん中にはデュークスの礼服と同じ色だという大きなサファイアが嵌（は）まっている。

髪にも、真珠とサファイアで出来た髪飾りを差した。

「美しいですわ……」

夫人は支度の調った私を見てうっとりと言った。

「ええ、本当に。まるで妖精のようですわ」

「きっとそのスカートはこれから流行(はや)ると思います」

支度を手伝ったメイド達も口々に褒めてくれる。

「陛下が気に入ってくださると嬉しいのだけれど」

「お気に召すに決まってます」

私が言うと、全員が口を揃えて言った。

彼女達は、自分が作り上げたものに絶大な自信があるようだ。

鏡に映る自分の姿は、確かにまんざらではないと思う。でも人の好みはそれぞれだから、そこが少し心配だわ。

今日のパーティの名目は、事前に取り決めていたように病院建設のための慈善パーティだ。けれど、私が出席することは知らされているので、王の婚約者に収まった男爵令嬢を見ようと多くの人達が集まるらしい。

滅多(めった)にパーティに出席しないデュークスがいるということもあるだろう。

お陰で、大広間だけで行われるはずだったパーティは庭園を解放し、そちらにも人が入れるようにしたらしい。夜会ではそういうわけにはいかなかったから、日中の催しでよかった、とシモンがいっていた。

私のお披露目は後日正式に行われるが、城で慈善パーティが行われるのに王の婚約者が出席しないのでは理が成り立たないからということで、顔見せ程度の出席。

ということになっているが、実際はうるさ方が早くその姿を見せろと言ってきているのが抑えられなくなったのだ。

何せ、私が来てからデュークスの変化が著しいので。その原因が私なのではないか、だとしたらどんな女か見ておかねばということなのだろう。

「緊張なさらないのですね」

アロンソ夫人の言葉も当然だろう。

社交界にデビューもしていない田舎の男爵令嬢が、王の婚約者として初めて人前に出るのだもの、普通ならガチガチだろう。

「田舎者だから、事の重大さがわかっていないのよ」

笑ってごまかしたけど、もちろん経験があるからだ。

皇妃の時には、皇帝の代理として一人で出席したこともある。正式なパーティでないのなら、そんなに気負う必要はないだろう。

「それでは、参りましょうか」

アロンソ夫人に連れられて、デュークスの待つ控室へ向かう。

「失礼いたします」

扉をノックし、開けてくれたアロンソ夫人とは彼女も夫の待つ場所へ向かうのでここでお別れ。

部屋の中には、デュークスだけでなくシモンとアイリスも一緒に待っていた。

「まあ、とてもお美しいですわ、リリアナ様。何て素敵なドレス」

そう言ってくれたアイリスも、落ち着いたオレンジのドレスがよく似合っている。

「ありがとうございます。アイリス様もとてもお美しくて」

視線をデュークスに向けると、気づいて彼が座っていた椅子から立ち上がる。

黒い髪はいつもと違ってきちんと撫でつけられ、美しい顔がはっきりと見える。サファイア色の礼服がよく似合っていて、彩色された彫像のよう。思わず見とれてしまう。

ぼうっと、見ていると、彼が私に近づいて自然な動作で私の腰に手を回して抱き寄せた。

「デュークス様？」

「見蕩れていたか？」

「う……、はい」

ごまかしてもバレバレだろうから、素直に認める。

「ではアロンソ夫人に褒美をやらなくてはな。お前の支度も彼女がしたのだろう？」

「はい」

「美しくできている」

「……ありがとうございます」

シモン達が見ているというのに、彼は私の頬にキスをした。

「デュークス様」

「キスは許すのだろう？」

「……先に申し上げておきますが、絶対に人前ではなさらないでください」

「婚約者なのに？」

「たとえ夫婦であったとしても、人前でキスをするなんてはしたないことです。そう思いますわよね、シモン様？」

助けを求めると、笑顔でこちらを見ていたシモンが頷いた。

「女性には恥じらいというものがございますから、その行為はどうぞお二人だけの時になさってくださいい」

いや、二人だけでも恥ずかしいですが。

「お前は奥方とはしないのか？」

「したら足を踏まれるでしょう」

「……わかった。では人前ではしないように心掛けよう」

「絶対です！」

念押しのためにもう一度強く言うと、彼は不満そうな顔をして「それなら今しておこう」ともう一度頬にキスした。

これはもう、私が嫌がるから面白くてやってるんだわ。

「では行こう」

差し出された彼の肘に手を掛け、控えの間を出る。

扉の向こうはもう大広間だった。

先程から聞こえていた音楽が大きくなり、人々が集うきらびやかな空間が広がる。

私達が出た扉は、広間正面の玉座へ向かうものだった。

うるさいほどのファンファーレが鳴り響き、呼び出しが王の登場を告げる……、と思ったのだが、音楽が止み、静かになった中を進むだけだった。

音楽が鳴り止んだことで王の登場に気づいた一同が、こちらに向かって頭を下げている。

デュークスはそのまま玉座へ向かったが、私は近くまで付いて行き、直前で彼から離れて足を止めた。

「どうした？」

「私はそちらの壇上へ上がれる身分ではありません」

「婚約者だろう」

「婚約者でしかないからです。玉座のある壇に上がれる者は王家の者だけです」

「チッ」

彼は舌打ちしてシモンに目をやった。

「シモン」

その一声で、シモンは自分の役割を理解したようだ。私に、こちらへ来るようにと目で指示し、私はアイリスと並んだ。

見たことない恰幅（かっぷく）のよい男性がデュークスの前へ歩み出て、礼をする。

「この度は病院の建設に着手いただきありがとうございます。陛下の民を思うお気持ちには感謝しかございません。そのお心に応えるべく、本日は皆が集まっております。どうぞお言葉を」

「煩（わずら）わしいことはいい。ここで楽しんだら、病院の建設資金に協力を」

「かしこまりました」

男性はくるりと振り向いて一同に向かって大きな声を上げた。

「ではパーティを開催する！」

……その一言は王が言うべきではないの？

疑問は残るが、その方の一言で再び音楽が鳴り響いた。

「陛下は、開会の宣言をなさらないの？」

私は隣に立つシモンに訊いた。

「デュークス様は面倒なことがお嫌いで。鳴り物もうるさい、宣言も煩わしいと」

シモンは困ったような顔で答えた。

つまり、陛下登場を知らせるファンファーレも本来はあるはずだし、宣言も陛下がすべきところ、デュークスはそれをやらないと決めたのね。

「それでも、玉座に座ってくださっただけでありがたいことです」

更に普段は玉座にも座らない、と。

「今宣言をなさった方はどなたですか？」

「ロマイン侯爵です。財務大臣で、今回の慈善パーティの収益を管理する方です」

それで意気揚々と開会宣言したのね。

「シモン様が責任者だと思ってましたわ」

「私は提案をするだけです。実行者は別です」

そうすることでシモンにだけ権力が集中していると警戒されないようにしているのかしら。

「全ての仕事を担えるほど有能でもないのでありがたいです。仕事をしていればくだらないことも考えないでしょうし」

にこっと笑った顔を見て、シモンも結構策士かも、と思った。

王の決めた仕事を任されるのは栄誉なことだが、サボれば罰せられる。真面目にやるしかないだろう。しかも今の王は監査もする。

確かに、くだらないことを考える暇もなく働くだろう。

「リリアナ様、よろしければ少しアイリスと話でもしていてください」

「構いませんが、デュークス様が……」

「あの様子では、こちらに来るのに少し手間取りそうです」

言われてデュークスに目をやると、彼は既に人々に囲まれていた。

「パーティに出席するのが珍しいので。私が迎えに行って参ります」

「そうなさった方がよろしいでしょうね。既にお顔が強ばってますもの」

不快を隠さずムスッとした顔は、もう爆発寸前にも見える。

けれど、シモンがデュークスに近づくと、彼を囲んでいた人々はシモンにも声掛けをしはじめた。

……ミイラ取りがミイラになったみたいね。

「あちらでお待ちしましょうか」

アイリスもそれと気づいたのだろう。壁際に並ぶ休憩用の椅子を示した。

「そうね。立ちっぱなしでは疲れるし、すぐに見つけてもらえるところにいないと」

アイリスと二人、椅子に座る。

デュークスから離れるのを待っていたのだろう、その途端着飾った令嬢達の一群れが私達の前に立ちはだかった。

「ロレス男爵令嬢？」

あらあら、目付きからして危険な香りのするお嬢さん達ね。

「はい。リリアナ・ロレスと申します」

「座ったままで、ご挨拶とは礼儀を知らない方ね」

上から目線でいえば、たかが男爵令嬢などビビッてしまうだろうと思ったような口ぶり。

ええ、よろしくてよ。私、こういうのを受けて立つのは得意ですの。

「まあ、今のはご挨拶でしたの？　ご自分の名前も名乗らず私の名を問うてきたので、私がその当人ですとお答えしただけですわ」

怯える様子など微塵も見せず、にっこりと微笑む。

「ご挨拶でしたら、どうぞお名乗りください」

「私達に先に名乗れと言うの？」

「私、今、名乗りましたわ？」

声を掛けてきた赤毛の女性は憤りを隠そうともせず、顔を歪めた。

ダメですよ。貴族の令嬢は感情を表に出しては。

「カーミラさん、その方のおっしゃる通りよ。彼女は名乗ったのですもの、私達も名乗らなければご挨拶にはならないわ」

興奮した令嬢より、後ろから出て来た金髪巻き毛の女性の方がクセ者ね。

小柄で一団の中では歳が下に見えるが、他の女性達は彼女が声を発するとサッと前を開けた。

「初めまして。私はオベルージュ公爵家のソリアと申します」

やはり地位が高い女性だったか。

しかも笑みを浮かべながらマナーを守ってくるところは隙がない。

私は立ち上がり、スカートをつまんで正式な礼をとった。

「これは、お初にお目にかかります。ソリア様」

つられるように立ち上がったアイリスも、彼女に礼をする。

「あら、宰相夫人はご挨拶が上手くなられたのですね。以前は粉袋のようだと言われてましたのに」

天使のように可愛い顔に笑顔を浮かべながら辛辣なことを。

「でも今はどうぞお座りください。私達はリリアナ様とお話がしたいの」

あんた邪魔だから引っ込んでて、というわけね。

「アイリス様、どうぞお休みください。彼女が用があるのは私のようですから」

「でも、リリアナ様……」

「大丈夫ですわ」

振り向いて、彼女に微笑んで見せる。優しいあなたが私をかばって火の粉を受ける方が嫌だわ。かかる火の粉は自分で払いのけられますもの。

「それで、ソリア様は私にどのようなご用件でしょうか?」

ボスは彼女、と見てその目を見返す。

ソリアはその表情を崩すことなく微笑み返した。

「陛下がお側(そば)に置いた方がどのような方か、お会いしてみたかったまでです。まさか本当にご自分が王妃になれる、と信じてらっしゃる方かどうか」

背後で、アイリスが動くのがわかった。後ろを見ずにそれを手で制する。

「私は王命に従うだけですわ。何も信じてなどおりません」

「では妾妃でもよろしいのよね？」

「私は正式な結婚以外はいたしません。お相手がどなたであろうとも」

あちらも、後ろに控えていた取り巻きがざわりと動く。正式な結婚しかしないと公言することは、王妃になると言っているも同然ですものね。

「身の程知らずが」

名乗らない赤毛の令嬢が言い放った。彼女はさしずめホンネの代弁者と言ったところかしら？

「あら、女性なら誰しも考えることではございません？　それとも名無しさんは愛人になることがお望みなのかしら？」

「何ですって！」

「私は『どなたと』結婚したいかなんて言ってませんわ。『どなたであろうとも』と申し上げたのですもの。一般的なお話でしょう？　それとも名無しさんと言われたことに怒ってらっしゃるのかしら。だとしたらお名前を教えてくださらないと。そちらのソリア様はきちんとお名乗りになったのに」

「彼女はグルジア伯爵令嬢のカーミラよ」

赤毛の令嬢に代わって、ソリアが答えた。

「ここにいらっしゃる方達は、皆あなたより爵位が上の方よ。ですからお言葉には気を付けた方がよろしいと思うわ」

「私は礼儀のある方には礼儀でお返しいたします。名乗りもせずに『身の程知らず』と叫ぶ方には相応のお返事をいたします」

ここまで来ても、ソリアはにこにこと笑っていた。公爵令嬢としての教育が行き届いているのか、曲者（くせもの）なのか。

ただその容姿は手放しで褒められるほど可愛らしい。飾りをいっぱいつけた金色の巻き毛にエメラルドの瞳。小さなちょこんとした唇。ピンクのドレスがよく似合っている。

「ふふっ、リリアナさんはとても気が強いのね。私、嫌いではないわ。私の侍女に欲しいくらい」

「残念ながら、私の今の役職は陛下の婚約者なので、それは無理かと」

「それ、譲ってくださらない？」

子供のように無邪気な顔で、彼女は言った。

「デュークス陛下があんなに素敵な方だなんて、私知らなかったの。お父様は呪われた怠け者と言って、私を陛下に近づけないようにしていたのよ。ご存じ？　陛下の婚約者が何人もお亡くなりになったのを」

夢見るような口調で、彼女は続けた。

「でもあなたはこうしてここにいらっしゃる。きっと不幸な偶然が重なっただけなんだわ。それに、今の陛下を怠け者だなんて言う人はもう誰もいないでしょう。あの方は素晴らしい王様だわ。そう思わない？」

「同意いたします」

「陛下はきっと、この国をもっと豊かにしてくださるでしょう。そう思われるでしょう？」

「同意いたします」

ソリアの目が、きらりと輝いた。

「ああ、やはりリリアナさんはちゃんとわかってらっしゃるわ。デュークス王がどんなに素晴らしい方か。見目麗しいだけでなく、高邁(こうまい)な精神と勇猛で聡明(そうめい)な実行力がある方だと」

輝いた緑の瞳が、細められる。

可愛らしい笑みのはずが、どこか狂気じみた表情に見えたのは気のせいではないのかも。

「でしたら、そんな素晴らしい国王陛下に相応しい女性がどのような女性か、わかりますわよね？陛下には、陛下をお支えする家柄と、諸外国に恥じることのない教育を受けた女性がお似合いだと」

「既に婚約は議会の承認を得ているとか。私ごとき男爵令嬢にはどうすることもできませんわ」

「大丈夫よ。議会が認めても、国の内外に公表はされていませんもの。取り違えた、と言えばよいのですわ。先ほども言ったように、私はリリアナさんが気に入りましたもの。あなたは王妃様の侍女になればよいのですわ。そのために先に城に上がっただけだと。もちろん、私は侍女に最高の嫁ぎ先を紹介することもできますわ」

ついに『私』って、言っちゃったわね。

もしも、その提案が私が城に来たばかりのころにされていたなら、首を縦に振っていたかもしれない。

でももう遅い。

私はデュークスが気に入っている。

とても好きになっている。

彼の隣に、こんな腹黒そうな女性が立つのは嫌だな、と思うくらいには。

「陛下のことをお望みでしたら、二十七人も婚約者候補が選ばれる前に名乗りを上げられたらよろしかったのに」

あなた、それまで黙って見ていたのでしょう？

無愛想で働きもしない陛下に魅力を感じず、傍観している間に呪われているって噂が立って、後込みしていたんでしょう？

なのにちょっと評価が上がったら、自分が相応しいとか言い出して、他人から横取りしようとしている。

「少なくとも、私が二十八人目になる前に御自分から手を上げられれば、公爵令嬢のソリア様なら喜んで迎えられたのでは？　どうしてそうなさらなかったのです」

怖かったのでしょう？　必要なかったのでしょう？

今更ごちゃごちゃ言わないで。

「タイミングですわ。それに、婚約者候補はシモン殿が選んで進言していたのです。そうですわ、彼が呪いを引き寄せていたのですわ」

ここにシモンの妻がいるとわかっていながら、何という言い草。

「それでも、あなたが望めば、婚約者候補として取り上げられたでしょう。ご身分のある公爵令嬢でいらっしゃるのですから」

「公爵令嬢だろうがどこぞの王女だろうが、俺は相手にはしない」

突然、男の人の声が割って入る。

「退け」

短く冷たい一言で、ソリアの後ろに溜(た)まっていた女性達がサッと左右に分かれて道を作る。モーゼの十戒みたいに。

出来た通路を歩いて来るのは、もちろんモーゼではなくデュークスだ。

「陛下」

美しいけれど無表情な顔、瞬(まばた)きせず半眼のままの冷たい視線。背筋を伸ばし、大股で歩いて来る彼を恐れるように、令嬢達が肩を竦める。

その中にあって、ソリア嬢だけが、また微笑みを浮かべた。

「陛下、ご機嫌麗しゅう」

「誰だ」

「オベルージュ公爵家のソリアにございます」

「オベルージュの娘か」

名前には覚えがあると言わんばかりの一瞥(いちべつ)。

「はい。本日はこのような心温まる集まりにお呼びいただき……」

「退け」

デュークスは、ソリアの言葉を遮るように言い放った。

一瞬だけ、ずっと彼女の顔にあった微笑みが消えた。けれどすぐにそれは元に戻る。

「陛下、私は……」

「リリアナ、来い。踊るぞ」

またしてもソリアの言葉を遮り、デュークスは私の手を取って強引に引っ張った。

それから、集まっていた令嬢達を見渡し、ふっと笑った。

軽蔑したような笑いだったのだが、その顔が素敵だったのでソリアの頬がポッと赤く染まる。

「お前達が俺に群がっても無駄だし邪魔なだけだ。我が妻となるはリリアナ一人だ」

そう言って私とフロアに出た。

音楽に乗って彼がステップを踏む。

パーティは嫌いだと言ったけれど、その動きは滑らかで、優雅だった。王子として教育を受けていたのだろうから当然なのだろうけれど、とても上手い。

「上手いな」

私が抱いた感想を、彼の方が先に口にする。

「デュークス様こそ」

「少し派手に踊ってもついてこられるか?」

「できますけれど。あなたがダンスを楽しむとは思っていませんでした」

「ダンスを楽しむのではない。見ているバカ共を驚かしたいだけだ」

「……バカですか?」

「大方、男爵令嬢ごときが王妃になるつもりかと言われていたんだろう」

う、鋭い。というか、バレバレよね。

「女共の考えることなど手に取るようにわかる。あれは王という立場に群がる虫のようなものだ。お前が呪いで死なないのなら自分が、とでも言い出したのだろう」

「……その通りです。もしデュークス様があのご令嬢達の中に気に入った方がいらしたら、私喜んで身を引きましてよ?」

「今まで見て来たが、お前ほど気に入った女はいない。それに、あの女達にケンカを売ってたんじゃないのか?」

「失礼な、そのようなことはしていないと思いますわ。……多分」

「ハハッ、多分か」

組んだ手をグイッと引っ張られてターンさせられる。

グッと膝を入れ、大股でステップを取る。腰に回した手はしっかりと私をホールドしているので、振り回されても身体がブレることはなかった。

踊り易いわ。

組んだ手も、しっかりと握って離さないからどんなふうに扱われても、私という旗を翻しているだけ。フラッグトワリングみたい。

ふわふわにスカートがターンする度に舞って、とても気持ちがいい。

彼がこんなにダンスが上手いなんて思わなかった。

見ると、彼も楽しそうに笑っている。

冷笑も、自嘲も、からかうような笑みも見たけれど、こんなふうに楽しそうな彼の笑顔を見たのは初めてだった。

まだついてこられるかというように、ターンの時に私の身体をふわりと持ち上げる。

踵の高いヒールを履いているから、慣れてなければ着地の時に滑って転んでしまうだろうが、私はつま先で着地し、デュークスを信じて腰にある手に身体を預けた。

空を仰ぐように反らす背中。

彼は私を支え、ピタリと止めた。それがラストポーズだ。

満足のゆく出来だったのか、彼はフフンと嬉しそうな顔を見せた。

「ダンスが上手いと教師が言っていたそうだが、本当だったな。久々に身体を動かして気分がいい」

「まあ、それでしたら馬や剣のお稽古もなさったら？」

「付き合うのか？　ダンスのように」

「乗馬でしたら。剣は見るだけです。自分で持つのは怖くて」

この手には、一度人を刺した感触が残っている。たとえ人生一つ間に挟んでいたとしても。

「では今度馬を与えよう。いや、お前の家の領地が狩猟の館だったな」

フロアを下りながら、彼は目で誰かを探した。シモンを探してるのかしら？　彼なら、今あなたの後ろでアイリスとダンスをしているのだけれど。

「レオン！」

どうやら違ったらしい。

名前を呼ばれた騎士服の男性がサッと駆けつける。キリッとした黒髪のイケメンだわ。

「明日……、いや、明後日練兵場で公開訓練をする。俺も出る」

レオンと呼ばれた騎士は僅かに驚きを過らせたが、すぐに胸に手を当てて礼をした。

「かしこまりました」

レオン……、レオン……。ひょっとして王室近衛騎士団団長？

「それと、ロレス男爵領にある狩猟の館で狩りを行う。シモンと相談して、警護のための騎士の日程を調整しておけ」

「参加者の人数は、いかほどでしょうか？」

レオンの問いに、デュークスが私を見た。

「狩猟の館はどれほどの客を収容できる？」

「二百人でしたら。それを超えるようでしたら、天幕をお持ちいただくか、我が家への宿泊になります」

「では八十だ」

「え？　二百人は宿泊ができると……」

「あまり多くては煩わしい。護衛や調理人に召し使いもいるだろう。勝手に付いて来る者は自分で宿を探させる」

いや、それは無理だわ。ロレス領内に貴族が宿泊できるホテルなんてないもの。

「決定は俺がする。まとまったらシモンから報告させろ」

「はっ」

デュークスと同じ黒髪の騎士は、恭しく頭を下げて離れて行った。

「王室近衛騎士団の団長に日程調整ですか？」

「あいつを知っているのか？」

「お名前だけは。レオン・アビントン様だと」

「何故知ってる？」

何？　目付きが怖いわ。思わず身体を引いてしまうじゃない。

「紳士録を覚えましたので……」

「あの分厚いのを？」

「王妃になるなら必要かと」

「真面目だな」

「基本です。陛下は覚えていらっしゃらないのですか？」

「わからなければシモンに訊けばいい。これからはお前に訊くこともできる」

「私はまだ顔を覚えておりません」

「ではこれから覚えるんだな。見ろ、今の俺の言葉を聞いて、皆が浮足立っている」

にやり、と彼が歪んだ笑みを浮かべる。

視線を追うと、デュークスを狙う女性達ではなく、高位貴族らしい男性達がこちらの様子をうかがっていた。

「どうして？」

「ハッ、お前らしくないな。わからないのか？　この中で、たった八十人だけが俺の狩りの同行者になれるからだ」

彼は私を嗤った。

王主催の狩り。それは王城で開かれるパーティよりも特別なもの。今まで使われなかった狩猟の館までわざわざ行って、宿泊して、恐らくは夜には普段人前に出ることを嫌う陛下と親しく言葉を交わすことさえ可能かもしれない。

こんな美味しい餌に飛びつかない貴族はいないだろう。

「誰が、どんなふうに動くか、知りたいんだろう？　だがわざわざお前に顔を見せて名乗ってくれるヤツは少ないぞ」

画策したり、根回ししたりする者も出るだろう。あまりよからぬ方法を採る者も出るだろう。だから名前と顔をちゃんと把握しておけ、というのね。

「俺はもう退出する。お前はどうする？」

「残ります」

そうそうパーティに出られないのなら、今日顔を覚えないといけないじゃない。

「頑張れよ」

デュークスはひらひらと手を振って私から離れた。

お前の足掻く様を楽しみにしてるぞ、という顔をして。


デュークスがいなくなってから、もう私はもみくちゃだった。

曰く。何故私が婚約者に選ばれたのか。

「突然手紙が届いたんです。私も驚いてしまって」

お城での暮らしはどうか。

「大変よくしていただいております」

どうして今まで姿を見せなかったのか。

「王妃教育を受けておりました。男爵令嬢ですので、足りないところもありますので」

呪いのことをどう思うか。

「偶然でございましょう。私は元気ですもの」

陛下が変わったことをどう思うか。

「陛下は色々お考えになっていたようですわ。変わったのではなく、今までが準備期間だっただけではないでしょうか？」

等々、質問責めだった。

もちろんダンスにも誘われたが、陛下から他の方と踊る許可をいただくまえに退出されてしまいましたので、ご遠慮させてくださいませと断った。

人々に囲まれるのは大変だったけれど、囲まれているからこそ、その後のイジメというか嫌がらせみたいなものはなかった。

衆人環視の中で厭味を言える令嬢はいないってことね。ソリアも、もう近づいては来なかった。あの天使ちゃんは要注意な気がする。

そしてもちろん、今度の狩猟の会についての質問もあった。けれどこれに関しては嘘偽りなく私もさっき聞かされたばかりだし、誰を連れて行くのかという選定に全く権限を持っていないと答えた。

一貫して、どんな想像をしていらっしゃるかはわかりませんが、私は突然呼ばれて、命令にしたがっているだけの男爵令嬢ですという態度を貫いた。

それでも、流石(さすが)に疲れてしまったので、閉会前に退出した。

デュークスがいないとなればシモンは忙しく、アイリスも同行する。アロンソ夫人も出席者なので夫君と行動を共にするだろうから、一人で部屋に戻った。

いつもならメイドに手伝ってもらうのは最低限のことだけなのだが、今日は着替えも湯浴(ゆあ)みも手伝ってもらった。

肉体的には体力あるつもりだけど、人々の社交という精神面の疲労が酷くて。

転生一回分のブランクがあるものね。

それに、前々世の時には、私が皇妃になったことは皆の祝福を受けてのことだった。

元公爵令嬢、扱い辛い皇帝を御することができるただ一人の女性。

義弟にも懐(なつ)かれて、召し使い達にも尊敬されていた。

でも今世は……。

召し使い達は大分好意を持ってくれるようになったけれど、貴族連中は殆ど警戒というか探りを入れるというか。

中には、この女で務まるなら自分の娘を推すべきだったという目を向ける者もいた。

敵意を向けて来ない人々は現在考慮中、調査中で、残りは誰でもいいから陛下が相手を見つけてよかったという程度。

私個人に好意と親愛を向けてくれる人はシモンとアイリスだけだもの、疲れるわよね。

部屋着に着替えている途中、メイドがバラを一本届けに来た。

だから心構えはしていたのだけれど、寝室へ入ると既にデュークスは私のベッドの中にいた。

……寝息を立てて。

これ、私を求めて寝室に来たわけではないわよね？

起こさずそっと隣に横たわると、気配を感じたのか彼が身じろいで私を抱き寄せた。

これも無意識のようだ。

すりっ、と頭を擦り付けられて、思わず可愛いと思ってしまう。

私ですらこんなに疲れているのだもの、人嫌いのデュークスも疲れているのだろう。

時々思うのだけれど、彼はどこか子供っぽい。

聞いてる限りご両親には愛されて育ったと思うのだけれど、まるで甘えるように懐いてくる。

王族の親子関係なんて、甘えたりベタベタしたりするものでもないし、彼が小さい頃は『理想的な王子』だったというから、甘えることができなかったのかも。

大人になったら甘えるなんてできないし。

もしかしたら、彼にとって私は素のままの姿を見せたり、甘えたりできる相手として選ばれているのかもしれない。

彼が怒っても怯えない、数少ない人間だし。

「甘え、かぁ」

そう思うと、隣で寝ている美しい男が可愛く見えてくる。

前々世、前世、今世を合わせると、記憶的には私ってば相当な年上のお姉さんなわけだし。

私はそっと彼の真っ黒な髪を撫でてみた。

お風呂に入ってからちゃんとタオルドライをしなかったのか、少し湿っている。

「……いいでしょう。立ち位置はお姉さんで」

彼と接する時はその路線で行こうと決めて、私も目を閉じた。

翌朝、目が覚めると彼の姿はなかった。

いつものことだわ。

考えてみれば、起こされることはないのよね。そんなに眠りが深いってわけではないはずなので、起こさないように気遣ってくれているのかもしれない。

疲労はまだ少しだけ残っていたけれど、起き上がって身体を動かせば消えてしまう程度。

そこでまた気づいた。

剣技を見せてくれる日付を、明日から明後日に言い換えたのは、一日私を休ませてくれるつもりだったのかも、と。

だとしたら優しい人だわ。

お勉強も今日は休み。

でも朝からアロンソ夫人はやってきた。

前王妃の侍女ということは、私の母と呼べる年齢だと思うのだけれど、彼女に昨日の疲労は見られなかった。うーん、流石だわ。

「昨日のパーティの感想は？」

と聞かれたので、素直に疲れたと答えると。

「お若いのに」

と笑われてしまった。つまり、彼女は疲れていない、と。

「明日は大変ですわね」

「大変？」

「騎士団の稽古をご見学なさるのでしょう？」

「ええ。陛下が剣技を見せてくださるとおっしゃったので」

「公開見学になったそうですわ。ですからとても大変です」

「何か問題が？」

私が訊くと、彼女はその大変さについて説明してくれた。

王立騎士団の騎士達は、当たり前だけれど体躯壮健な若い殿方。しかも式典などにも参加するのである程度見目もよろしい。更に王城内に在中するのだから身許のしっかりした貴族の子弟が集められる。

ぶっちゃけ、顔も家柄もいいカッコイイ男の集団、ということだ。

となれば、お嬢様達が憧れないわけがない。

「今まで見ることのかなわなかった陛下が剣を振るうお姿を拝見できる上に、ご令嬢達の婿探しという一面を考えると、相当な数の方々がお集まりになるでしょうね」

なるほど……。

明日は本気の婚活パーティとなるわけだ。

「リリアナ様には特別席を設けるつもりでございます」

「いいえ、皆と一緒でいいわ」

「でもそれでは……」

「まだ私は皆に認められてるわけじゃないし、一人だけ特別扱いされると『いい気になって』と思われてしまうでしょう？」

彼女は、そんなことはないとは言わなかった。

未来の王妃ならば認められて当然のことでも、まだ男爵令嬢のクセにという意識が残っている人々の中にあっては、特別なことをすれば反感を買うだけとわかっているのだろう。

アロンソ夫人は私の考えを認めるようにため息をついた。

「陛下に進言して、もっとパーティの数を増やしましょう。リリアナ様が陛下の隣に立てるただ一人の女性だということを皆に見せないと。デュークス様は外に向けてお言葉を発する方ではありませんから」

私は苦笑した。

彼が何か言ってくれたら、それはそれで反感を買うかもしれないなあと思いながら。

そして翌日。

練兵場へ行くのなら汚れても構わないようなドレスがいいわね、と選んだ飾りの少ない濃いグリーンのドレス。

だって、練兵場は外だし、土埃がすごいだろうから、正しい選択だと思っていたのよ。

けれど、前日アロンソ夫人から話を聞いていたのだし、私のドレス姿を見て彼女が呆れるようなため息をついたのを見て気づくべきだった。

この選択は間違いだった、と。

更に、訓練が始まる時間に合わせて練兵場に向かったのも間違いだった。

ご令嬢達の本気を甘く見ていた。

王城の一角にある練兵場は、普段一般人の立ち入りを許可していない。なので、見せる場所ではないから殺風景で、騎士達が剣の訓練をする場所は危険を考えて柵に囲まれた剥き出しの土の地面。

騎士達が激しく動けば土埃が舞うもの。

前々世で観覧した時もそうだったから、『私はわかってるわ』というつもりだった。

実際、ここでもそうだったし。

けれど皇妃が侍女を連れて観覧に行くのと、本気の婚活女子に紛れて観覧に行くのとは、本当に全然違うのだ。

まず、開始時間に行ったのでは、もう遅かった。

少しでも騎士がよく見える場所を確保しようと、ご令嬢達は観覧時間前から場所取りをしていて、もう柵の前にはズラリと女性が陣取っていた。

少し空いてる場所を見つけたと思ったら、男性達の観覧者のスペースだった。

男女が身体を寄せて見学するわけにはいかないので、当然男女別。空いていてもそちらへ向かうわけにはいかない。

更に、こちらが見るということはあちらからも見られるということ。騎士達に目を留めてもらおうと、令嬢達はこれからここで夜会が始まるのか、というくらい美しく装っていた。

つまり、地味な格好で遅れてやってきた私は、隅っこの方で邪魔にならないよう眺めるしかなかった。

一昨日パーティで顔見せはしたけれど、私が誰だかわからない令嬢も多く、身なりから『貧乏貴族の令嬢が何しに来たのよ』という目も向けられた。

まあ中には顔を知っていても『お相手がいる方なんだから遠慮してよ』という目もあったのかもし

れないけれど。

見られればいい、と思うことにしよう。

時間になり、動き易いような丈の短い紺の軍服に白いパンツ、黒の長靴に身を包んだ騎士達が練習場に出てきてズラリと並ぶ。

体格も、顔立ちもバツグンな若い男性が整然と並ぶ姿は圧巻だ。

ここがアイドルのライブ会場だったら『キャーッ！』と黄色い声援が飛ぶところだが、貴族のご令嬢はそんなはしたないことはしない。

囁(ささや)き交わす声が聞こえる程度だ。

騎士団長が正面に立ち、挨拶をする。

お髭(ひげ)のあるこの方は騎士団全体の総団長なので、皆よりお歳が上で既婚者。令嬢達の対象外だけれど、男性達は憧れがあるのだろう、オーッと野太い声が聞こえた。

「本日は、美しいご令嬢達がお前達を見に来ているから、浮足立つ者も多いだろう。模擬剣での訓練は危険を伴(ともな)う。剣を弾かれたり折ってしまっては、そのご令嬢達に危険が及ぶだろう。なので、気を引き締めてもらいたい」

そこでいったん言葉を切って、にやりと笑う。

「だが、そんな心配よりも、緊張して尻餅をつく姿を見せる心配をした方がいいかもしれんな」

総団長が振り向かずに手を上げると、練兵場に並ぶ騎士達とは違う衣装の騎士が前へ出る。パーティで見たレオンだ。

んー、令嬢が色めきだってるなぁ。

「何せ、デュークス陛下の視察兼訓練参加なのだから」

知らされていなかったのか、整列していた騎士達に動揺が走り、男性陣がどよめく。そしてデュークスが姿を見せると、それがご令嬢達にも伝播した。

すらりとした長身、長い手足、というシルエットだけでも美しいが、漆黒の髪と今までインドアだったせいで騎士達と比べると白い肌、深い青の瞳、形のよい鼻梁。

まるで名工の作り上げた人形のように美しいその姿。

更に酷薄な笑みなんか浮かべると、声を上げたくなってしまうわよね。

「常日頃鍛練し、民を守ることを感謝しよう」

おお、よく言えました。

騎士達の目が歓喜にキラキラしてるじゃありませんか。

総団長より声は大きくないのに、よく通る素敵な声だわ。

「今日はお前達の実力を見せてもらおう、そして少しばかり俺と遊べ」

それだけ言うと、彼は総団長の後ろに引っ込んでしまった。

私がいるのは柵の端っこだから、下がると姿がよく見えないのよね。

「それでは、訓練を開始する。第一騎士団、前へ」

ズラリと並んだ騎士達が散会し、数名が残る。

二人ずつ組みになって、打ち合いが始まる。

ただの兵士と違って騎士は剣の腕前にある程度の実力が求められるから、見ていて楽しい。模擬剣が太陽の光を受けてキラキラと光るのも綺麗だった。

でも、私はデュークスのが見たいのよね。

彼は何時出てくるのかしら？　まさか最後ってことはないわよね？　だとしたらずっとここに立ってなきゃいけない。

デュークスが引っ込んだ方を見ていると、総団長の隣に残っていたレオンと目が合った。

彼は私が誰であるか気づいたように会釈してくれたが、その途端私の近くで押し殺した悲鳴が幾つも上がった。

「私を見てくれたわ」

「私に会釈してくれたのよ」

という声と共に。

当のレオンはすぐに引っ込んでしまったけれど。

打ち合いで勝った騎士がこちらに視線を送ったり、片手を上げると、また声が上がる。

「決着が付いた者から交替していけ」

お披露目は一瞬ね。

早く勝っていいところを見せたい者もいるし、長く戦って女性達に視線を送る人。でも後者にはすぐに総団長のお叱りが飛ぶ。

暫くそんなのが続いた後、総団長が声を上げた。

「中断！」

ピタリ、と騎士達の動きが止まる。

「特別に、陛下と近衛騎士のレオン殿が模範演技を見せてくださる。一旦引け」

短い言葉なのに、それだけで騎士達は剣を収めて場を空ける。

がらんとした練兵場に、ゆっくりとデュークスとレオンが姿を見せた。

命令でキビキビと動いていた騎士達と違い、その歩みはゆったりとして優雅だ。

中央まで出ると、二人は何やら話をしていた。

レオンの視線が私を見る。それに促されるようにデュークスもこちらを見た。

青い瞳が私を捕らえると、彼はにやっと笑った。

令嬢達がまた声を上げげだが、二人は気にも掛けず離れて剣を構えた。

緊迫した空気が二人から流れる。

「始め！」

総団長の一声で、戦いが始まった。

速い。

騎士達も動きはよかったが、この二人は格段に速い。かといって動きがデタラメなわけでもない。きちんと刃の向きを考えて動いている。

レオンが上手いのはわかる。王室近衛騎士団団長だもの。

王立、ではない、王室、だ。つまり彼は王家というこの国の一番偉い人を守るためだけに存在している。しかも近衛といえばその側で働く者。

先に戦っていた騎士達は、戦争になったら戦場で戦う者だ。

けれどレオンは、戦争になったら王をお側で守るために働く人なのだ。

有象無象を相手にするのではない、最後に絶対王を殺すと迫って来る手練れを含んだ全てを相手にする者なのだから。

驚いたのは、そのレオンと対等に戦っているデュークスだ。

打ち合う剣の金属音の重たさからして、レオンが手を抜いているわけではない。本当に二人の実力が拮抗しているのだ。

最初は美形二人の打ち合いに色めきだっていたご令嬢達も、段々と無言になってゆく。彼等の真剣さに怯えているのかもしれない。

私は違う。

二人の剣が美しいから、見蕩れてしまうのだ。

レオンの剣は軍人らしい型に嵌まったものだった。基本に忠実で、剣筋がはっきりとしている。ある意味読み易い剣だが、その速さが、わかっていても逃げられないようになっている。

反対に、デュークスの剣は奔放だった。

剣技の基本に沿ってはいるが、型には嵌まっていない。

レオンの剣を下から弾き、その下に滑り込むように大きく一歩を踏み出す。

両手剣を右手だけに握って円を描くように相手の足元を狙うが、レオンが気づいて後ろへ跳び退り（すさ）ながら重さを使ってすぐに剣を振り下ろす。

いなすように肩を揺らして刃を避けたデュークスは前に出した右足を中心にターンするように低い姿勢のままレオンの後ろへ回る。

しゃがんだり、ターンしたりなんて、騎士の剣にはない。それがまるでダンスをしているように美しい。

剣舞、だわ。

こんなにも真剣に剣を交えているのに、凄絶な程激しいのに、デュークスには余裕さえ見える。

……タウラスとは違う。

私の夫だった皇帝は、戦場に出ると大剣一振りで人を殺すような人だった。

普通の剣を使う時には今のデュークスのように美しく剣を振るっていたけれど。

だから私は剣技を見るのは練習の時だけでいい。本当の戦場で使うところは見たくない。

人を殺すためでなければ、こんなにも美しいと思える。

「そこまで！」

長く打ち合った後、決着のつかぬまま総団長が終了を宣言した。

ピタリと剣が止まり、デュークスが服の袖で額を拭う。その姿が色っぽいな、と思ったのは私だけではないだろう。

彼は私の方をチラリと見て、少し不機嫌そうに場を去った。

……なんで？

去ってゆく彼等に、自然と拍手が湧く。私も精一杯拍手してるのに。

汗が出るほど戦ったから疲れていただけなのかしら？

「お二人のようになれ、とは言わない。だがあれを目指せるようになれ。続きを始める。配置！」

またバラバラっと騎士達が出てきて、先程と同じような鍛練が始まった。

「リリアナ様」

デュークスの剣技は見終わったのだけれど、騎士達の打ち合いを見るのも楽しかったので暫く眺めていたら背後から声を掛けられた。

騎士だ。軍服から見て、今訓練をしている騎士団ではなく、レオンと同じ近衛の騎士だろう。

「これを」

見知らぬ騎士は紙を差し出した。

恋文？　……ではないだろう。小さな紙片を二つ折りにしただけのものだから。

彼の視線がすぐに読め、と言っているのでその場で開くと、中には走り書きでこうあった。

『俺を見て他の男を思い出すならもう見せん』

名前はないが、差出人が誰であるかはわかった。リリアナとわかって紙片を送り、運び手に近衛の騎士を使えるのはデュークスしかいない。

あんなに激しく打ち合っていたのに、彼は私の様子に気づいていたのだ。私が彼を通して前夫を思い出していたことを。

だから最後にあんな不機嫌な顔をしていたのね。

「あまりの美しさに、この世にはいない伝説の剣士を思い浮かべていた、とお伝えください」

嘘ではない。伝説の剣士がかつての夫だったことを伏せている以外は。

「そのようにお伝えします」

騎士はにっこりと微笑み、こちらに視線を向けていたご令嬢達にもその微笑みを振り撒いてから去っていった。

ヤキモチ、なのかな。子供が『お母さん、僕を見てなきゃ嫌だ』って感情なのかも。

次に会ったらベタ褒めに褒めておこう。

打ち合いが全て終わると、総団長が何名かを名指しで呼び、訓練場の中央で戦わせる。

名指しされた者が、優秀者で、これが模範剣技であることはすぐにわかった。

デュークスとレオンの剣技を見てしまうと少し劣るような気もするけれど、上手いもの。

本気で戦いを意識するには型にはまったものが多いけれど、それはこの国が戦争をしていない証拠なのだから安心する。

「リリアナ様」

人気上位らしい騎士が現れ、ご令嬢達が浮足立ったのを感じた時、再び名前を呼ばれて私は振り向いた。

今度は軍服ではない男性だ。

「陛下がお呼びです」

……ああ、やっぱり来たか。直接ネチネチいじめられるか、顔を見て褒めろか、どっちかだろう。いや、もうお昼時間だから昼食の誘いかしら？

「わかりました」

最後までちゃんと見ていたかったのだけれど、デュークスの命令は何より優先される。

私は名残を惜しみながらもその場を離れ、彼に付いて行った。

兵舎でも城でもなく、植え込みの多い方向に向かって歩を進める。

……おかしいわ。

城の見取り図は頭に入っているけれど、こちらは園丁用のエリアではないのかしら？

「警護のために人を増やします」

角を回ったところで、待っていた男と同じく軍服ではない者達が待っていて、彼等に囲まれる形になった時、私は自分の失態に気づいた。

先にデュークスからの伝言を受けていたから素直に従ってしまったけれど、軍服ではない者が私を迎えに来るのはおかしかったのだ。

背中に、ピリッと緊張が走る。

私を囲むのは五人。全員が帯剣している。体格はよく、背も高いので彼等が私を囲むと地味なドレスだったせいもあって、誰も私に気づかないだろう。

声を上げる？

その瞬間に抜刀されたら？

私は剣には詳しいけれど、自分が剣を握るわけではない。相手の腕のほどもわからない。

……ああ、どうして私はこう面倒事に巻き込まれてしまうのだろう。

でも今回は自分のミスだわ。貴族達に顔が知られてしまい、私を排除したがる者もいるとわかっていたのに、警戒を怠ったなんて。

軍部の敷地内だったから、人が多かったから、デュークスが近くにいると思っていたからとはいえ、間抜け過ぎる。

この世界は、『現代』よりも邪魔者を排除する方法に殺人を選ぶ基準が低いのに。

緊張を漲（みなぎ）らせたまま、騙（だま）されたフリをして彼等に従うしかなかった。

今は。

多分ここは園丁の用具置き場だろう。

埃(ほこり)っぽく土臭く、その中に混じる鉄臭さもある。

木造の広い小屋の中には錆(さ)びた農具と埃の積もった麻袋がいっぱいだ。

基本、王宮で買われたものは簡単に廃棄ができない。何せ税金で買ったものだから。廃棄するためにも書類が必要だ。

園丁の殆どは平民で、読み書きが不自由な者も多い。

となれば廃棄の書類を出して担当の係官に厭味を言われるくらいなら、もうどうにもならないと思われるまで放置して、それを係官に見せて納得させた方が早いと考える者もいるかもしれない。

ここはその廃棄を待つ物置き場なんだと思う。

私を連れ出した男達は、無言のまま私をここへ連れてきた。

「この中に陛下がいるとは思えませんわ」

と初めての疑問を口にした途端、男達は私を後ろ手に縛り、この小屋の中に閉じ込めた。

「さる高貴な方が、ここで待つようにと命じられました」

待ってる間は縛り上げてろ、って？　どんな高貴な方よ。

「申し訳ございません」

私を呼びに来た男が、消え入りそうな声で謝罪した。

それだけで全体像がわかる。

彼等は私兵だ。どこかの『高貴な方』にお仕えしている者だ。上司の命令には逆らえないからこうしているが、陛下には忠誠心が残っている。だから婚約者である私に乱暴することが『申し訳ない』のだ。

思い上がった貴族ではない。

貴族だったとしても、下級貴族の、次男三男クラス。誰かに仕えていなければ職もなく居場所もない人間達か、なまじ優秀で貴族に抱え上げられた平民。それこそ追い出されたら貧しい生活に戻るような。

彼等を責めても仕方がない。

「殺さないでくださいます？」

私が訊くと、その男だけがビクッと肩を震わせた。戸口の外で待つ四人にも聞こえたであろうが、彼等は身動き一つしない。

あっちは金で雇われたタイプかしら？

「そのような事はない……と思います」

彼はそれだけ言うと顔を背けるようにして出て行った。

扉の外からカギのかかる音がする。

足も縛られていたので、私は少しでも楽にしようとイモムシのように這いずりながら詰まれた麻袋に近づいた。身体を起こして寄りかかるよう座り直し……、今に至る。

空気換気用の窓らしいものはあるけれど木戸は下りている。

扉は頑丈らしいが建物自体は堅牢ではない。板の隙間から外の光が漏れて差し込んでるところもあるくらいだ。

練兵場からここまで、歩いている間に人には会わなかった。……と思う。巨人のごとき体躯のよい男達に囲まれてあまり見えなかったからわからないけど。

人の出入りの少ない場所だとすれば、大声で助けを求めるのは体力の消耗を招くだけ。

お昼を食べる前に攫われてしまったのだから空腹だ。いつまでここに置いておかれるのかはわからないけれど、隙を見て走って逃げる体力を温存したい。

ここに連れ込まれてすぐに私を殺さなかったということは、すぐに殺人ということはないだろう。もし殺されるとしたら、黒幕がここに来て、私が私であると確認してからか、どこかに運び出されてだ。

今日は、騎士の公開訓練ということで人の出入りが激しかった。

あの男達が要人の警護として入ってきたのなら、『帯剣した複数の男』であっても誰も咎めはしなかっただろう。

城内のこんなところにこんなものがあると知っているということは、園丁に知り合いがいるか、城内の配置に詳しい者が絡んでいるのだろう。

城内の配置は、誰にでも知らされているわけではない。防犯上のため。戦争はしていなくても、戦争に備えておくためだ。

知っているとなれば、かなり高位の貴族。

偶然知った、という線も捨て切れないけれど。『さる高貴な方』と男が口にしたのだから、前者かな？　となればやはり警護として入り込んだに違いない。

でも私を連れ出すことはできない。

何故って、城門には門番がいる。その前を通過する時に私が一声上げれば騒ぎになる。荷物のように運び出そうとしても、城から何かを持ち出す際には中身を検分される。

だから城内であるここに閉じ込めた。

うん、ここまでは正しいはず。

私を連れ出すとしたら、人の姿のままでは無理だ。馬車に押し込めるか、荷物に突っ込むか。馬車ならチェックをされない高位貴族の紋が入った馬車、荷物なら入る時に中身を検分されているもの。

でも、連れ出されない気がする。

昼食に戻らなかったら、まずアロンソ夫人が私を呼びに来るはず。練兵場に私がいないとわかったら、すぐに捜索が開始されるだろう。

捜してもどこにもいないとわかれば、捜索の担当は奥向きの侍女や衛士から、城内警備の騎士達に替わる。

もちろん、城への出入りはいつも以上に厳しくチェックされるはずだ。

そんな中、私を連れ出すのは無理だと思う。

ということは……。

怖い考えになって、私は軽く頭を振った。

「取り敢えずできるだけのことをして、寝ておこう」

今できることをする。

それしかないのだから。

何度か目は覚めたが、覚醒はしなかった。半眼で周囲の状況に変化がないことを確認してはまた眠りに落ちることを繰り返した。

何度目かで、もう周囲を見ることもできないほどの暗闇に包まれていることを確認し、夜になったことを理解した。

それでもまだ寝た。

人は寝だめができないのだと聞いたことはあるが、起きて空腹と喉の渇きを自覚したくなくて眠り続けた。

また何度目かで目を開けると光の中に埃が舞うのが見えて、朝になったと知り、続く何度目かで差し込む光が朱に染まって夕暮れを教え、また夜がやってくる。

やはり出入りや人の動きが厳しく制限されて、犯人はここへ来られないのだろう。

もう眠ることに飽きても、目を閉じてじっとしておく。

デュークスはどうしているだろう。

私が逃げ出したと思うかしら？　少しは心配しているかしら？　それとも、私が行方不明である報告を受けても『そうか』で済ませてしまうかしら？

私にしがみつくようにして眠っていた顔を思い出すと、胸が苦しくなった。

彼を、独りにしたくないなあ。

前々世でも、タウラスを愛した理由はそれだった。

彼を独りにしたくない。孤高の狼(おおかみ)なんて、全然かっこよくない。そう思って寄り添っていた。

……ちょっと待って。私、デュークスにも同じ感情を抱こうというの？

それって二股になるんじゃない？

訂正、訂正。デュークスは年上だけど、弟みたいなものだから。これは家族愛よ。

そりゃ、素敵だとは思うけれど。剣技なんか見蕩れてしまったけれど、もうタウラスはどこにもいないけれど、恋愛はこりごりだわ。

することがないと、人間ってくだらないことを考えてしまうものね。

私は何とか再び眠りに身を任せようと努力した。

苦労しながら何とかうつらうつらして来た時、大きな音が響いて私は覚醒した。

ガタン、という音は、私が錆びた鍬（くわ）を何とか入り口の扉に立て掛けておいたからだ。扉が開いたらそれが倒れて侵入者がわかるようにと。

「何だこれは」

「大丈夫ですか？」

男達の声がする。

敬語が続いたということは、誰か身分のある者もいるということだ。

捜索隊？　それとも……。

改めて扉が開いて、幾つものランタンの明かりが魔物の目のように揺らめく。

その一つが小屋の中に入ってきた。

続いて、二つ、三つ。

明かりが増えるごとに部屋が照らし出され、侵入者の姿を浮かび上がらせる。

小屋に入って来た人影は五つ。でも外にも明かりがまだ残っている。総勢は多く見積もって十人ほどと考えた方がよさそうだ。

その中に、明かりを持たない一際小さな影があった。

頭からすっぽりとフードを被ったマント姿。

「いやね、埃っぽいわ」

可愛らしい女性の声で文句を言うと、マント姿の人物はフードを取った。零れる金髪に可愛らしい顔。

「……ソリア様」

驚き半分、納得半分で彼女の名を口にする。

ソリアはランタンの光を反射する緑の瞳を眇めた。

「あら、あんまり驚かないのね」

「想像はしていました」

「どうして？」

「計画が杜撰で手際が悪いので」

私が答えると、怒るかと思った彼女は笑った。

「負け惜しみね」

「いいえ」

「でもあなたはここにいるわ」

「生きてますから、負けてはいません」

「では死んでしまったら負けを認める？」

「いいえ。その時は相打ちでしょう」

「相打ち？」

「あなたも断罪されるでしょうから」

「ふふ……、面白いわ。どうして私が断罪されるの？」

こんな時でも、彼女は花が零れるように笑うのね。

「王の婚約者を誘拐して殺した者は罪を問われます。たとえ相手が公爵令嬢であろうとも」

「私が犯人だとバレなければ問題はないわ」

「いずれバレます」

「いいえバレないわ。あなたはここで死んで、王城の片隅に埋められる。そうね、その上にせめてもの餞として花でも植えてあげるわ」

「王の庭園は管理されていますから、予定にないものが植えられていたら怪しまれるでしょう」

「それなら、雑草にするわ」

彼女は、楽しそうに語った。

「私と会った時、王妃の座はあなたのものですと言えばよかったのに。そうしたら伯爵夫人ぐらいにはなれたでしょうに」

「たとえ私が王妃にならなくても、あなたにだけはその座を譲ることはしないでしょう。あなたほど王妃に相応しくない人はいない」

「田舎娘のあなたより私の方がずっと相応しいわ」

「いいえ」

ここまでやりとりしても、彼女は怒らなかった。

完全優位を確信している。

「あなたは、私欲で人を貶(おとし)めようとした。そのような者を王妃にしたら、陛下の名が汚れます」

「相応しき女性が王妃になるために道端の雑草を引き抜くことは私欲ではないわ。国のためよ」

「国のためというのは自分の欲望を満足させることではありません」

「私の欲が叶うことは国のためよ。たかが男爵令嬢が王妃となれば、他国は我が国を侮(あなど)るでしょう。外交にも影響が出るわ。だからあなたは相応しくない。けれど私は父について他国に行ったこともある。外交だって上手くできるわ」

　前半の半分には同意してもいい。たかが男爵令嬢が王妃では他国に侮られるというところまでは。でもちょっと旅行をしたぐらいで外交ができると口にするところは頭が足りない。

「もういいわ。あなたと長々話をしていても時間の無駄よ。陛下の二十八人目の婚約者は行方不明。また呪いが発動したと噂されてしまうかもしれないけれど、二十九人目は望んで嫁ぐから呪いの力を撥(は)ね除(の)けた。呪いを打ち消した二十九人目は祝福された花嫁となるでしょう」

　ソリアは、うっとりするような顔で微笑んだ。

まるで自分とデュークスの結婚式が見えているかのような顔で。

その表情が現実に戻り、私を見た。

目が合って、ソリアがにっこりと笑い、戸口の外に声を掛けた。

「ヨハン、お願い」

その瞬間、戸口の外に残っていたランタンが動いた。

来る。

ドキンと大きく心臓が鳴る。

暴漢程度なら抵抗できるかもしれないが、剣士だったら私には歯が立たない。

眠りに入る前に、部屋中探して見つけた錆びた鎌で拘束していた縄は切っていた。でも武器はその縄を切るにも時間がかかってしまった錆びた鎌だけだ。

身体の後ろに隠してある鎌の柄を握り締め、僅かでも抵抗しようと気構えた。

「……っ」

「ぐ……」

動いたランタンの光が地面に落ちる。

くぐもった声が続く。

「ヨハン？」

不思議に思ったソリアが戸口を振り向き……「ひッ」と小さく声を上げて尻餅を付いた。

「お嬢様！」

小屋の中にいた男達が慌てて彼女に駆け寄ろうとしたが、彼等の足も止まる。

それもそうだろう。いきなり血に濡れた剣がランタンの光を反射したのだから。

「面白いことをしてくれる」

低い男の声。

ゾッとするほど冷たい響き。

「ど……、どうして……」

慌てた様子で近くにいた男がソリアを抱えるようにして立たせ、戸口から引き離す。

「どうして？　王がどうして城にいるかの理由を尋ねるか？」

半身を暗闇に呑まれ、半身をランタンのオレンジ色を反射して、幽鬼のような姿を現したのはデュークスだった。

「お前は私の妻を殺すつもりだったか？」

青い瞳がギラギラと光っている。

口元は笑っているように見えるが、それが却って恐ろしい。

「お前ごときが？」

剣先がソリアに向けられた。

それだけで彼女の顔は蝋のように真っ白になる。

「な……、何かの間違いです！　私はリリアナ様をお助けしようと……」

「誰がその名を口にしてよいと言った」

彼が一歩踏み出す。

「お前は王の不興をかった」

離れている私でさえゾクリとして全身に鳥肌が立つほど冷たい響き。

いいえ、冷たいのではないわ。炎の熱が上がり過ぎて、赤から青に変わったという感じ。その炎の名は『怒り』だ。

激怒しているのだ。

「我が城の中で犯罪を行い、我が妻の殺害を企て、詮議に嘘で答えた」

ソリアはもう言葉を紡ぐことができなかった。正面から彼の蒼白(あおじろ)い怒りを受け、全身がガクガクと震えている。

彼女を抱き起こした男も、剣を握っているのに構えることもできない。

「死に値する」

デュークスがその言葉を口にした時、私の中で過去の記憶がフラッシュバックした。

『死に値する』その一言で何人もの命を奪った前々世の皇帝の姿と彼が重なる。

「デュークス！　殺してはだめ！」

あの頃は、恐ろしくて彼を止めることができなかった。あの世界では、女性が男性に忠言とはいえ反論することは許されなかったから。

でも私は『現代』を抜けてきた。女性でも男性にものを言える世界。間違ったことは間違っていると言ってもいい世界を。全てが通るわけではなかったけれど、女性だって凛々しく生きることを許された世界を。

「リリアナ……」

彼の目が私を見る。

瞬間、彼の目の中にあった蒼白い炎が揺らめいて消える。

私は縛られたフリをやめて両手を広げた。

「立てないのです。手を貸してください」

「傷を負わされたのか」

またぞろ怒りの炎がチラついたので、私は慌てて付け加えた。

「……お腹が空いて」

一瞬の間を置いて、彼は声を上げて笑った。

血塗られた剣を握ったままなので、笑い声は朗らかでも鬼気迫る光景だ。

「レオン！」

デュークスが名を呼ぶと、バラバラと騎士達が入って来た。

外にこんなに待機していたのに入ってこなかったのは、戸口が狭かっただけではないだろう。彼等にも、デュークスが恐怖の対象となっていたからに違いない。

「腹が減ったのか」

私に手を伸ばした彼が、邪魔だというように剣を投げ捨てる。

「一昨日の朝から何も食べていないのです」

私達の背後で、騎士達が賊を倒し、ソリアを連行してゆく。

「それはさぞ空腹だろう」

彼は空いた両手で、私を軽々と抱き上げた。

「あ、あの……、手を貸していただければ歩いて……」

「ろくに歩けもしないだろう。この方が早い」

「でも……」

反論しようとした時、安堵して、今まで我慢していた空腹が声を上げた。

……ぐうぅ。

腹の虫が鳴いたのだ。

こんなに大勢の人がいる前で、デュークスの前で、レディとしてあるまじき音を響かせて。

「早くメシを食わせないと、お前を殺すのが私になりそうだ」

お姫様抱っこされて、私はその場から連れ出された。

お腹がなっただけでなく、二日もお風呂に入っていない身体が恥ずかしかったが、私は彼の首に腕を回してしがみついた。

「それでは早く部屋へお連れください」

この場に彼を長居させてはいけない。

小屋の外に倒れている男達と、その間に散らばるランタン。もう一度彼の『怒り』に火が点いたら、この人は残りの者を、ソリアを、手に掛けるかもしれないと思ったので。

「急いでください。私、お花も摘みに行きたいのです」

彼は言葉の意味を理解し、複雑な顔で笑うと足を速めた。

そりゃ、抱き上げた女性にそう言われたら焦るわよね。お花を摘みに行きたいって、『現代』語訳すれば『おトイレ行きたい』って意味なんだから……。


取り敢えず、真っすぐ私の部屋へ向かってくれたデュークスは、私をアロンソ夫人に引き渡してくれた。

「腹が減ってるそうだ」

と言って。紳士の心根はあるようで、トイレのことは触れなかった。

「デュークス様、絶対に誰も殺してはいけません。誰がかかわっていたのか、何を考えていたのか、全てを白状させる必要があるのですから。詮議の席にはシモンを同席させてください」

シモンが抑止力になるかどうかはわからないが、彼なら人の命を奪うことに抵抗はしてくれるだろう。

「わかっている」

と言って、彼は私に軽くキスをして去って行った。

キスぅ？　ここで？　何で？

軽く唇を当てるだけだったけれど、私達、そんな関係じゃないわよね？　仕方なく婚約してるだけよね？

なのにあなたが自発的にアロンソ夫人やメイド達の前でキスだなんて。

目撃した皆も、微笑ましい目で見つめるんじゃなく驚いてるじゃない。

「リリアナ様」

「え……っと、お花を摘みに行かせて」

彼女が何を言い出すかわからなかったので、まずはトイレを優先させてと言葉を遮った。

なんでデュークスが私にキスしたかなんて訊かれても、私にもわからないもの。

まずトイレに行って、次に温かいスープをいただいて、お風呂に入った。

もう私と心を通わせるようになっていたメイド達は、涙を浮かべながら私の髪や身体を丁寧に洗ってくれた。

「本当に心配しておりました」

「もしリリアナ様に何かあったらと思うと……、う……っ」

という具合に。

全身をつるぴかにしてもらってから、身体を締め付けないゆったりとした部屋着に着替えて、胃に優しい食事をお腹に入れる。

食べながら、アロンソ夫人から私がいなくなった間の話を聞いた。

私が思った通り、最初に私の不在に気づいたのはアロンソ夫人だった。

公開練習を楽しみにしていたから、夢中になってお昼に戻って来るのが遅れているのだろうと少し待ってみたが戻る様子がない。

メイドに呼びに行かせたら、練兵場に私はいなかったという返事。

さすが元王妃付き侍女というべきか、彼女はすぐにシモンにその旨を伝え、衛兵達に私を探すように命じた。

練兵場に残っていたご令嬢達は、殆どがお目当ての騎士しか見ていなかったのであまり参考にならなかったが、訓練していた兵士の中に私に気づいた者がいた。

彼は、私が誰だかは知らなかったが、デュークスとレオンが剣技を見せる前に視線を送った女性に興味を持ったらしい。

最初は近衛の軍服を着た男が声を掛け何かを渡した。次に平服の男が来て彼女を連れ去った。だが抵抗した様子はなかった、と。

優秀だわ。

絶対後で取り立てるようにデュークスに進言しよう。

報告を受けたシモンはデュークスにも事実を伝え、城門が閉鎖されて城の出入りが制限され、秘密裏に私の捜索が開始された。公にすれば城の警備の杜撰さが問われることになるので当然だ。

デュークス自身は、何も言わず部屋に閉じこもってしまったらしい。

そして一言『逃げたか』と呟いたそうだ。

それがアロンソ夫人の怒りに火を点けた。

彼女は元彼の母の侍女、デュークスが子供の頃から親しんだ人でもあるので、彼を叱ることもできたのだろう。

私が逃げるつもりならパーティに出るはずがない、ここまで共に暮らし、陛下を支えてきたリリアナ様が逃げるはずがない。あの方ならば、『出て行きます』とはっきりご自分の口でおっしゃったでしょう。

置き手紙の一つも無く姿を消すような方ではありません、とまくし立てたそうだ。

そして最後に『連れ去られたのならお助けしなければどのような目に遇（あ）われているか』と言った途端、彼女の『怒り』が彼に伝染した。

「そこからはもう、鬼神のごとく、でございましたわ」

食後のお茶を淹れながら、彼女は続けた。

「私など、もうお声もかけることは叶わないほどでした。いつもやる気もなさそうに横たわっていた陛下とは思えないほどで」

そうか。私は彼を意地悪でちょっと怖い人と思っていたけれど、私が城に来るまでは何にもしない怠惰な王だったのだっけ。

「捜索の陣頭指揮をお取りになり、捜索の人員を差配し、人の出入りの可能な場所を徹底的にお調べになり、まるで戦でもするかのようでした」

「最終的には、城に複数で入ってくる者から目を離すな、と言われたのではなくて？」

「え？　ええ、その通りでございます」

私が練兵場で独りになることは、普通なら考えられないことだ。アロンソ夫人が用意しようとしたように、特別席を設けられるもの。

だから、私を誘拐するにしても、殺すにしても、その計画は私があそこに護衛も付けずに独りでいるのを見てから考えられたものだ。デュークスもそう考えたのだろう。

だとすれば突発的な計画には人員が足りない。

城への出入りで暗殺集団みたいな一行が入って来たのでなければ、その時城内にいた者だけで決行されたはず。つまり素人の犯行だと想像できる。

私を殺すことだけが目的なら、『現代』みたいに犯罪捜査が確立されていないこの世界では、さっさと殺して死体は放置したって構わない。

むしろ、死体を晒して『もう王の婚約者はいない』と皆に知らしめたいと思うだろう。

けれど死体は見つからない。

それならば、私を連れ出すことが目的か、殺すに至る者を計画者が連れていなかった、ということになる。事実、私を誘拐したのはソリアの警護の者だっただろう。私に謝罪した男もいたくらい、彼等は貴族の女性を殺すことには抵抗のある者達だった。

連れ出すにしても殺すにしても、それに長けた者達をもう一度城内に入れなければならない。

城から出る者は厳しく調べられるが、入ってくる者には緩い。外から来る者は内部の犯罪に関係ないと考えるものだから。もしかしたらデュークスがそういう状況を作ったのかもしれない。

そしてあれだけの人数を揃えてやってきたソリアは目を付けられた。

ヨハン、と彼女が名指しで呼んだ男。

あの男が『人を殺すこと』に抵抗のない人物だったのだろう。

彼女があの男だけを連れて来たのであれば、きっと誰も気づかなかった。

だが彼女の性格からして、普段の警護の者を置いてゆくことはできなかった。人に囲まれる自分に酔っていただろうから。

あの忠実な警護の者が殺人者と主だけで行動することを許さなかったのかも。ぞろぞろといたのは、殺人者から彼女を守るためだったのかもしれない。

いずれにせよ、大人数で現れた時、これで助かったと思った。

こんな目立つ行動をしてデュークスが気づかないわけがない、と。

「本当に、ご無事でようございました」

食後のデザートにパクつく私を見て、アロンソ夫人はしみじみと言った。

「ごめんなさいね。心配をかけて」

「リリアナ様のせいではございません」

彼女がきっぱりと言った時、メイドが入ってきた何事かを彼女に囁いた。

夫人はにっこり笑って頷くと、メイドに食事を片付けるように命じた。

「もうお腹はいっぱいでしょう?」

「ええ」

「それでは、私ももう失礼いたしますわ。どうぞごゆるりと。明日は昼までお休みになっても結構ですわ」

「捕まっていた間ずっと寝ていたの。もう寝るのに飽きたわ」

「それはようございます」

何がいいんだろう。ゆっくり寝られてよかったたってこと?

「それでは、明朝はお呼びになるまでお起こしいたしませんので」

もう一度そう言うと、彼女はメイド達を引き連れて出て行った。

眠るのには飽きたけれど、ずっと身体を動かさなかったし、疲れているのは事実ね。

ここはお言葉に甘えてふかふかのベッドでごろりと横になることを楽しませていただこう。

そう思って寝室の扉を開けると、ベッドの上にはデュークスが座って待っていた。

「遅い」

開口一番不満の声を上げて。

なるほど、彼がここで待っていると伝言をされてアロンソ夫人はあの態度だったわけだ。

「腹は膨れたか」

求めるように手が差し出される。

私は彼がいることに喜んでいる自分に驚きながら、吸い寄せられるように彼の隣に座った。

「はい。もうパンパンです」

笑いを誘うために言ったのだが、彼の顔に笑みは見えない。

デュークスは私の髪を取ると、軽く匂いを嗅いだ。

「風呂も使ったようだな」

「……やっぱりさっき不快でしたか?」

臭かったのかしら、と恥ずかしくなる。

「わからん。さっきは匂いのことなど気にしていなかった。だが、今はよい香りだと思う」

今度は私の首元に顔を近づけて鼻を鳴らす。

「あ、あの……、女性の匂いを嗅ぐのは失礼ですわ」

「そうか」

だが止めない。

「困ります」

と言うと、やっと離れてくれた。

「困るのか」

「困ります」

「そうか」

残念そうに言いながら、寄りかかり掛けていた身体を起こす。

「手を出せ」

と言うので右手を差し出す。

「両手を前に出せ」

更に指示され、言われた通りにすると、彼は私の手を取って吟味するように眺めた。触れて、ひっくり返したり目を凝らしたり。

「デュークス？」

「ここはどうした？」

手首の赤いところを示される。

「縄で縛られていたので、その痕が少し」

「縛られていた？」

「はい、手と足を縛られていて……」

言った途端、彼は私の部屋着を捲り上げ、足首をつかむと持ち上げた。

「きゃあ！」

思わず仰向けに倒れ込んでしまったが、彼は気にも止めず足首を撫で摩っている。

「俺が見た時には縛られていなかった」

「園丁の農具があったので、早々に切ってしまいました」

「ただ閉じ込められているだけだと思っていたが、拘束までされていたのか」

今、すぐに縄は切ったと言いましたよね？　耳に入っていないのかしら。

「ひゃっ！」

変な声を上げてしまったのは仕方がない。

だって、デュークスが私の足首にキスしたんだもの。

「お前に傷をつけた者を許さない」

「あ、あの……、デュークス？」

捲れた裾を直しながら名前を呼ぶと、彼は足を離して私に覆いかぶさってきた。

「もう一度呼べ」

「デュ……、デュークス様？」

「今は『様』を付けなかっただろう」

しまった、つい。

「失礼しました」

「いいから、もう一度呼べ」

「……デュークス？」

敬称を付けずに彼の名を口にすると、嬉しそうに彼が微笑んだ。

「これからはそう呼べ」

「でも……、陛下に敬称を付けず名前を呼ぶなんて」

「俺の望みだ」

それからもう一度手を取り、赤い痕が残る手首にも口付ける。

ああ、これは私の傷を心配してくれているのだわ。

「すぐに消えます。というか、もう消えかかってます」

「他には？」

「え？」

「他に傷は？」

「ありません」

彼の手が、部屋着の裾を割って太股(ふともも)に触れる。

「汚されてはいないな?」

その意味がわかって、慌てて否定する。

女性としての尊厳を奪われていないか、と訊かれたのだ。

「されてません!」

堅い掌に触れられて焦る。

「……手を抜いてください」

赤くなりながら訴えたが、手はすりっと肌を撫でた。

「あ……っ」

「まだだめか」

「結婚まではだめですっ!」

「残念だ」

うう……っ、困るわ。

どうして今日に限ってそんなに積極的なの?

するりと手が抜かれ、ほっとしたのもつかの間、今度は部屋着の襟元を開こうとする。

「デュークス!」

「襲うわけではない」

「でも」

「おとなしくしていろ。胸が零れるぞ」

「うっ」

そう注意するということは、胸を暴くつもりはないのかしら。手や足へのキスも傷を確かめるためだったみたいだし。だとしたらおとなしくしていた方がいい？

じっとしていると、彼は部屋着の前を開け、左の肩だけを大きく暴いた。

痣のある方だ。

指がその痣をなぞる。

くすぐったくて身じろぎしたけれど、彼は気にせず何度が撫でた後、そこにキスをした。

「う……」

柔らかな感触が、肩から胸元へ移動する。

でも唇が膨らみに移動することはなかった。

次には私の胸の上に顔を擦り寄せた。

「これは傷ではない」

自分に言い聞かせるような、静かでせつない声。

「もう誰にも、お前を傷つけさせたりはしない」

私の身体に残っているのは、ほんの少しの赤みだったのに、そんなにも私が傷ついたことがショックだったの？

「デュークス……」

私は手を伸ばして彼の髪に触れた。

「私は平気よ？」

優しく、子供にするように頭を撫でる。

彼が、とても傷ついているように思えたので。

「俺は嫌だ」

「デュークス」

「善き王になりたい……。そのためにはお前が必要だとわかった」

私が、必要？

「どこにも行くな」

彼はまた私の痣に口付けた。

「俺の側にいろ」

胸が締め付けられるような懇願。

私にはそう聞こえた。

「ええ、もちろん側にいますわ」

愛しい。

さっきの幽鬼のようだった姿がウソだったかのように縋りついてくる彼が愛しい。

「上手くできるかどうかわからないが、絶対に大切にする。もう二度と傷など作らせない」

彼がこんなにも繊細だったことに驚いてしまった。

何か傷が残るということにトラウマでもあるのかしらと思わせるほどに。

それとも、それが『私』だから？

私を傷つけたくないと思ってくれているの？

だとしたら嬉しい。

「やっとわかった。俺はお前を愛している」

「……え？」

愛を育む時間など、そんなにあっただろうか？

会って、私的には僅かに言葉を交わすだけだったのに。

なのに、私の胸の奥にも同じ気持ちが見え隠れしていた。

「お前が俺を愛していなくてもいい。俺がリリアナを愛しているんだ。だからお前に愛されるように努力する。お前を喜ばせて、幸せにしてやる」

彼は身体を起こして私の顔を覗き込んだ。

「目の前にいるリリアナが愛しい」

デュークスって、こんなに甘い人だった？

蕩けそうな言葉を何度も口にしながら、彼は私の唇に唇を重ねた。

「お前を失いたくない」

しっかりと唇を合わせては離し、言葉を紡ぐ。

「今度こそ、大切にする」

またキス。

「お前を喜ばせてやる。笑わせてやる」

キス。

「愛している」

最後に、噛みつくようなキスをして、舌を滑り込ませて来る。

私を食らい尽くすそうとするような、深く長いキス。

弟を見守るお姉さんのようでいようと思っていたのに、心が惹きつけられる。

愛されて嬉しいと、そんなに想ってもらえて嬉しいと、感じてしまう。

あなたが私を助けるために現れた時、喜びを感じたのは助かったと思っただけ？　幽鬼のように蒼白い怒りの炎を浮かべていることに気づいて身体が震えたのは、恐ろしかったからだけ？

嬉しかったのではなくて？

デュークスの姿に、私のために怒ることに。

彼の手が私の胸の上に置かれる。

「……！」

動かしたりはしなかったけれど、ビクリと震えるとすぐに場所を移した。

「今すぐ抱きたい」

「……デュークス」

「わかってる。結婚までは、だろう。リリアナが大切だから、約束は守る」

彼はゆっくりと身体を起こしてから、もう一度顔を近づけてキスをした。

「お前と共に眠るとよく眠れるから一緒に眠りたいが、今夜は無理だ」

デュークスは困った顔で苦笑した。

「手を出さない自信がない」

その一言で顔が熱くなる。

絶対今、真っ赤になってるって自分でもわかる。

見られたら困ると思ったけれど、彼はこちらを見ずに自分の寝室へ続く扉に向かっていた。

「胸を閉じろ。誘惑される」

自分で開いたクセにそんなことを言って、扉の向こうに消えた。

「……もう」

熱い。

「もう、何なの！」

扉が嵌まる音は聞こえた。もう見られることはないとわかっているのに、私は両手で顔を隠した。

開いた襟元より、真っ赤になった顔の方が恥ずかしくて……。

皇国ザナトは大陸において中堅の国だった。

だが先の皇帝の時代、隣国に攻め込まれ領地の一部を奪われた。

皇帝はそのことに怒り、自分の息子に呪詛（じゅそ）のように強くなれと命じ続けた。

勝て。

殺せ。

奪え。

血を分けた息子だというのに、抱いてやることもなく日々繰り返した。

妻である皇妃は、小国の王女だった。

次に起こす戦争のため、その国の力を借りるため、愛してもいない女を娶った。それがわかっていた皇妃は、生まれた子供を愛せなかった。

自分を道具として扱う男の子供など、産みたくなかったとさえ言っていたそうだ。

けれど皇帝が戦争の協力を持ちかけると、その国は断り、皇帝は誘いを断った国は敵国と同じだと言って自分の妻を見せしめのために殺した。

息子の前で。

重税を課し、金を集めて軍備を拡張し、元々自分の物であった領地を取り戻すのだと戦争を始めた。

執念のように元自国であった領地を取り戻した皇帝は、他の国がやったことならばどうして自分がやってはいけない？　とばかりに戦争を拡大した。

成人した息子を最前線に出して。

不幸だったのは、息子に戦の才があったことだ。

皇太子は連戦連勝でどんどんと国を大きくしていった。

それでいい。

それが正しい。

そうしなければならない。

勝ち続けても、呪詛は続いた。

もっと戦え、もっと国を大きくしろ。お前はそのために生まれた子供で、それ以外は価値がない。

戦争からのがれようとしたお前の母親の末路は見ただろう。

逃げるな。

戦い続けるのだ。

彼は妻の母国である小国も落とし、自国とし……、亡くなった。狂気のままに。

次代の皇帝は『紅蓮（ぐれん）の戦鬼』という二つ名を持った皇太子が継いだ。

皇帝タウロス。

私の前々世の夫だ。

私は彼を子供の時から知っていた。

まだ彼の母親が生きていた頃、公爵夫人である私の母が彼の母の友人だったから。

城へ招かれた時、タウロスは既に感情を無くしていた。

ぶつぶつと何かを呟きながら、庭の片隅に立っていた。

私が声をかけると、胡乱(うろん)な目でこちらを見るけれど、何も言わなかった。もう既に皇帝の呪詛に捕まっていたのだろう。

けれど完全に、ではなかった。

弟のアライスがいたので、小さな弟と、時折訪れる私が、彼の精神を繋(つな)ぎ止(と)めていたのだと思う。

私とアライスの前では、子供らしいことに興味を持つこともあった。けれど、それが皇帝には許せなかったのだろう。

あの男は、自分の子供を殺人マシーンにしたかったから。

ある日城へ行くと、タウロスはもう会えないと言った。

「父上と一緒に住む」

皇妃は子供と共に離宮で暮らしていたのだが、皇帝は彼が母や弟、友人である私のせいで甘いところが抜けないのだと激怒して自分の住む王城へ彼を移すことに決めたのだ。

私に別れを告げた時、タウロスは涙を流した。『泣いた』のではない、無表情のままツーッと涙だけを流したのだ。何故だかわからなくて、私は泣いている彼を抱き締めた。

可哀想で。切なくて。

やがて成長したタウロスは、戦場へ出向いた。

私の耳に入って来るのは、彼の戦勝報告と『紅蓮の戦鬼』という二つ名。その名の由来は鬼神のごとく戦うということだが、『紅蓮』には特に意味があった。

彼は、殺すのだ。

全身が血塗（ちまみ）れになるまで。殺し尽くした後に、火をかけた。

国が大きく、豊かになったので、中央にいる貴族達は優雅な生活を送ることができた。大きな紙を燃やすと、周囲は炎に縁取られているが真ん中は無事、みたいに。

再び出会ったのはまだ皇帝が生きている時、彼の花嫁を選ぶパーティの席だった。

無表情のままだった彼は、花嫁候補の女性達と言われるままダンスを踊り、私の手も取った。

「覚えていらっしゃいます？」

踊りながら昔のことを口にすると、僅かに彼の瞳に光が過った。

「覚えている」

と答えた彼は、私を花嫁に選んだ。

皇太子妃となった私は、義弟アライスと共に王城に移り住んだ。狂気の皇帝は私やアライスには興味がなく、殆ど言葉を交わすこともなかった。

その皇帝が亡くなり、タウロスが皇帝になっても、戦争は続いた。

不幸なことに周囲の国も善い国ではなかったので止める正義がなかったのだ。

戦争狂の皇帝。戦っていなければ死んでしまうのではないかとまで揶揄される。家族を兵に取られ、重税に苦しむ民だけでなく、彼の勝利のお陰でぬくぬくと暮らしている貴族までそう呼んだ。

「リュシエーヌ、今日落とした城にあった。お前に似合いそうだから持ち帰った」

略奪を買い物のように語るタウロス。

「美しいドレスで、私を迎えてくれ」

惜しみ無く国庫の金を使うタウロス。

「ああ、そろそろ新しい戦いをしなくては。父がそう言っている」

亡霊の呪詛で戦場に向かうタウロス。

それでも彼は私とアライスを大切にしてくれていた。

彼の、人としての感情の最後のカケラは、私達が持っていたのだろう。

戦場に出る彼の代わりに内政を回していたのは私とアライスだ。アライスは幼い時には病弱で、父である皇帝は彼に興味を示さなかった。戦いに出しても勝利をつかめないと思っていたのだろう。義弟は父親に抱き上げられたこともなかった。

けれど彼には政治的手腕があった。

……それがよかったのか、悪かったのか。

アライスが国を守るから、タウラスが戦いに出られるのだもの。

最期の時のことはよく覚えている。

その頃、タウラスはよく魘(うな)されていた。

「リュシエーヌ、父が来る！」

と言っては跳び起き。

「もっと殺さなければ私に生きている意味はない」

と嘆いては頭を抱える。

その度に私は彼を抱き締めた。

「大丈夫よ。私がここにいるわ」

けれどボロボロになった彼の精神は、戦場ではなくとも人を殺めるようになってきた。

忠言を口にする家臣を、煩(うるさ)いの一言で切り捨てるのだ。

もう、だめだと思った。

どんなに愛しても、どんなに言葉を尽くしても、皇帝のかけた呪詛は消えないのだ。

それがわかった時、私は決心した。

一緒に逝こう、と。

戦勝報告会。玉座に座る彼の周囲は騎士が護(まも)り、大臣達がずらりと並んでいた。アライスも近くに控えていた。

「陛下。おかえりなさいませ」

私は、笑顔を浮かべて彼に近づいた。

「リュシエーヌ」

彼は迎えるように、帯剣したまま手を広げて私を迎えた。

いつもの光景だ。

疲れ果てた彼を美しく装った私が迎え、そのまま抱き合う。

けれどその日、彼に近づいた私の手には短剣が握られていた。

彼の腕に身を任せるように駆け寄り、そのままその腹を刺した。

「……！」

刺されるのと同時に彼は抜いた剣を私の肩に振り下ろした。多分、反射的だったのだろう。その顔に浮かんでいたのは驚愕（きょうがく）の表情だった。

「……それほど、私が憎かったか」

「いいえ……」

私は弱々しく首を振った。

「愛しているからです」

わからないという顔をしている彼に向かって、私は微笑んだ。

「あなたを愛しているからです……」

さっきまで全身が燃えるように熱かったのに、心臓が一鼓動打つ度に体温が奪われてゆく。

皆もどうしたらいいのかわからなくて、私達を見ていた。

「だからこうしなければならなかった」

楽しかったのです、これでも。

あなたと一緒に過ごす時間は幸福だったのです。

だから、これ以上あなたを苦しめたくなかった。

「どうか聞いてください。私の最期の願いを……」

ガンガンとハンマーで殴り続けられているように切れた肩が痛む。

「願い？」

それでも言わなくてはならないことがある。

「皇位を、アライスに譲ってくださ……い……」

「私が死ねば皇帝はアライスだ」

「それでは簒奪者になってしまいます……。どうか、そのお言葉で『譲る』とおっしゃって……」

「アライスのためか」

「国のために……」

目が霞(かす)む。

寒い。

「他の全てのものを捨ててください……。私がいます」

「リュシエーヌ……」

彼に突き刺した短剣は血に埋もれていた。刺したのは腹だったので、彼ももう助からないだろう。

私もだ。きっと肩の骨ごと折られているに違いない。さっきまでの激しい痛みが重怠(だる)い熱に埋もれてゆき、感覚がなくなってゆくもの。

私は切られていない方の手で、彼の頬に触れた。私の手についていた血が彼を赤く染める。

タウラスは短剣を抜かず、私を強く抱き締めた。

「あなたを……、愛してます……」

もう殺さなくていい。もう戦わなくていい。もう……、お父様の幻影に怯えなくていい。

「リュシエーヌ……。私には……愛がわからない……」

それでも、彼は私を抱き締めてくれていた。

まぶたが重くなり目を閉じてしまっても、ぽとりと手が落ちても、もう何も語ることができなくなっても。ずっと、私を抱く彼の腕だけは感じていた。

ずっと……。

目が覚めると、睫毛がパリパリでなかなか目が開かなかった。

「久々に見たなぁ……」

前々世の最期、皇妃リュシエーヌだった時の夢。

前世、『現代』に生まれた時もよく見ていた。

だから、自分の身体に残った痣が、タウラスから切りつけられた時の傷痕だとわかった。強い記憶が身体に痕を残したんだろう、と。

リュシエーヌは凄絶な人生だったと思う。

公爵令嬢として生まれ、蝶よ花よと育てられたのに、恋した相手は戦争狂。

自分には懐いてくれてるみたいだったけど、夫は外では殺人者。

好んでやってたわけじゃないから、精神を病んでゆくのを隣で見ていなければならない。

結果、彼女が選んだのは『もうそんなことはしなくていい』という心中だった。

『現代』を経た今の自分なら、もっと味方を増やして、義弟と協力して、タウラスから剣を取り上げて何年かかっても二人で隠居する方法を探しただろうけれど、リュシエーヌにはそこまで合理的な考えはできなかった。

その凄絶な人生を体験した後では、『現代』は貧乏毒親でも平穏なもの。

痣と記憶のせいで新しい恋に目が向かなかった。

人生一つ分恋愛から離れてしまった。

つまり喪女に近い。

なので、昨夜のデュークスの『やっとわかった。俺はお前を愛している』は、破壊力あり過ぎだった。

だから昔の夢など見たのだろう。三回も人生やって、ただ一度の恋愛経験のことを。

でもそれって、私がデュークスに恋愛感情を抱いたってこと？

……それは、まあ。

烏の濡れ羽色の髪、深海の輝きの瞳、きりっとした眉に通った鼻筋、薄く色づく酷薄な唇にシャープな顎。美しくはあるけれど中性的ではなく、男性らしいけれどゴツくはない、全てに於いて『美しい』と思える顔立ち。スタイルも細マッチョでモデル並。

最初は怠惰だったけれど、動き出したら政治能力もあるようだし、剣技は本当に素晴らしかった。

しかも私にだけ甘えてきたり、ドS系のかっこよさと、時々見せる子供っぽさでギャップ萌えを煽ってきたり。

そんな男性、惚れないわけがない。

お姉さんの立場で、なんて考えを吹き飛ばしたのは、男としてのあのセリフ。

『手を出さない自信がない』

今まで、女性が喜ぶから抱いてやろうと思ったとか言ってた人が、私に向けてそんな野性的な言葉を言ったのだもの。

私はベッドの中でのたうち回った。

もう、いいのかな。

タウラスには、愛していると言ったのに『愛がわからない』と返されてしまった。

あれは、私という女性を愛していたのではなく、人の心を戻してくれる人間に懐いていただけとも取れる発言だった。

女性としては愛していなかったけれど、人として必要だった、みたいな。

望まれてはいたのだろうけれど、恋愛としては成立していなかったのかもしれない。

でも、デュークスは明らかに私を女性として求めてくれた。

そうでなければ『手を出す』なんて言葉は出ないだろう。

今、この人生はリュシエーヌのものではない。リリアナのものだ。

だとしたら長かったリュシエーヌの恋は終わりにして、リリアナの恋を始めても許されるのかも。

二股することになるのか、と考えたこともあったけれど、アレはアレ、コレはコレかも。

タウラスを、忘れることはできない。それだけ強く愛した人だった。

でもデュークスに背を向けることもできない。彼の苛烈さと無垢(むく)さには惹かれている。

容姿や才能は『女性なら誰もが惹かれてしまうだろう』というものだが、性格や感情に起因するものは、私だけが知り得るものだもの。

スペックがいいというのではなくそこに惹かれているのなら、真剣に向き合ってもいいのかもしれない。

と、路線変更を考慮してみたのだが……。

「本日は朝食をご一緒にと陛下が」

朝の支度を調えたところに、使いの侍女がやってきてそう告げた。

まだ心が落ち着いていないのに、早速彼と顔合わせしなくてはならないなんて。

しかも、彼は今までとは全然違う表情をしていた。

「これからは朝食と夕食は一緒に摂ろう」

私を真っすぐに見つめる瞳。

「仕事があるから、昼食が別になるのは寂しいが」

寂しいという言葉が彼から出るなんて。

いえ、私もそうは思ってましたけど。

「この食堂は広すぎる。これからは会話ができるくらいの部屋で食べることにする」

「ロレス領に狩猟に行く前に、遠乗りにも行こう。お前の馬も選ばなくてはな」

一体、何があったというのだろう。

いえ、私の誘拐騒ぎがあったんですけど。

食事の間中、彼はずっと私から目を離すことなく、語り続けた。

「宝石やドレスはいらないと言ったな。何を贈れば喜ぶ？」

「茶や菓子がいいか？　望みを言え」

「剣技を見るのが好きなら、お前の望む時に見せてやろう。あのような事がないように、今度お前用の席を作る」

「風光明媚な離宮がある。興味があれば連れて行こう」

「パーティは好きではないが、リリアナと踊るのは楽しかった。また開いてもいいかもしれん」

どうしちゃったの、と言うほどの変貌だった。

それだけではない。

食事が終わって執務に向かう時には、私を抱き寄せて額にキスしたのだ。

「キスは許可が下りている」

意地悪っぽい顔だけと、笑顔を浮かべて言われると破壊力が……。

夕食の時には、既に『会話のしやすい二人だけの食堂』が用意されていて、同じような会話が続けられた。

その時に、「もうバラは贈らない」とも言われた。

では寝室を訪れることはないのかと思ったが、そうではなかった。

「これからは毎晩お前のところへ行く」

それは不味いでしょう。

「それはお断りします、デュークス様」

「敬称を付けるなと言っただろう」

「陛下のお望みであっても、私がそのような態度を取れば他の方にどう思われるかを考えてください。寝室を訪うのも同じです」

それがわからないほど礼儀を知らない方ではないでしょう？　強行するなら『陛下』にまで戻しますよ、という視線を向ける。

「……敬称のことは、二人きりの時に外してくれれば許そう。だが寝室は別に不埒なことをしているわけではないからいいだろう」

不満が顔に表れる。

「デュークス様ご自身が自信がないとおっしゃったのでは？」

それが更に明確になった。

「だがリリアナの望む通りの善き王になるために、俺は随分と忙しくなった。お前と会えるのが食事の時だけでは足りない。それを埋めるためには夜しかないだろう」

「では、寝室でなくともよいのでは？」

「あそこが一番気が抜ける」

まあ、ソファよりベッドの方が楽といえば楽でしょう。すぐにごろっとなれますし。

「未婚の女性の部屋に毎晩殿方が訪ねてくるということが、どれだけ醜聞になるか、ご存じ？」

「婚約者だろう」

「婚約者未満です！」

　突然の声に驚いて、私もデュークスもそちらを見ると、腕にいっぱいの書類を抱えたシモンが見たこともない顔で立っていた。

「失礼いたします、陛下。急ぎ決済のサインをいただきたい書類がございましたので、お食事中とは存じましたが、失礼いたします」

　そこまで言ってから一息ついて、彼はキッとデュークスを睨みつけた。

「先程、私の耳に陛下がリリアナ様の寝所へ毎晩訪ねるとか何とかというお話が聞こえましたが、何かの聞き間違いでしょうか」

「まだ訪ねてはいない。これからそうしたいと言っただけだ」

　シモンの渾身（こんしん）の睨みも、デュークスにはどこ吹く風だ。

「結婚前に不埒な真似（まね）はしないと約束している。通ったとしてもただ話をするだけだ。抱いて眠ったことはあるが」

　最後の一言が余計ですわ。シモンの目がまた少し吊り上がったような気がします。

「抱いて眠った？」

「子供のように、ですわシモン様」

　フォローしたけど、焼け石に水のようだった。

「リリアナ様。あなたはそれが嫌ではなかったのですか？」

その訊き方は返事に困るわ。

「死ぬほど嫌ということは……。弟のような気持ちで接しておりました」

「弟だと？」

ジロッとデュークス様に睨まれたけれど、これはもう怖くない。だって平常運転だもの。むしろ、いつになく強気のシモンの方が怖いわ。

「もちろん、まだ結婚したわけではないので、今お断りしていたところです」

私の気持ちはシモン寄りですと意思表示する。

「寝室は繋がっているのだから、こうなることは想定内だろう」

「陛下がリリアナ様にそこまでご興味があるとは想定外でした」

「では情報を修正しろ。私はリリアナを愛している」

「愛……」

その一言に、私は真っ赤になり、シモンのメガネはズレた。

こんなことをさらりと人前で言われるとは思ってもみなかった。シモンにしても、彼がそんな言葉を口に出すとは思っていなかっただろう。何せ彼は二十七人も婚約者候補を拒んでいたのだから。

「俺にはリリアナが必要だ。そしてリリアナ以外は必要ない」

シモンは額を押さえ、深く、そして長くため息をついた。

「取り敢えず、こちらの書類にサインをお願いいたします」

持ってきた書類をテーブルの上に置き、持って来たインク壺とペンを渡す。

デュークスはちゃんと書類に目を通し、内容を呼んでフフンと鼻を鳴らすとサラサラとサインをした。

「オベルージュはこれでもう上がってはこられないだろうな」

上機嫌でそういうところを見ると、ソリアの件の書類だったようだ。

内容は……、怖いから聞かないでおこう。

その書類を受け取ってから、シモンはデュークスを見た。

「今回の一件は、リリアナ様が未だ正式に陛下の婚約者として認知されていなかったことが理由と思われます。議会が承認しても、公式に発表がなされたわけではありませんので、まだ他の者でも交替できると考える者が出たのでしょう」

「俺は先日のパーティでリリアナを伴ったぞ」

「あれは慈善パーティ、正式なものではありません。リリアナ様の身の安全のためにも、陛下のお望みを叶えるためにも、外国の来賓も招いた正式な婚約発表のパーティを開くべきです」

デュークスは『うえっ』という顔をした。

「ええ、隣国の王族ですとか神殿の大神官とかを招き、王都に近い者だけでなく国中の貴族を集めた、盛大なパーティをです」

「パーティは嫌いだ」

「それを乗り越えなければ、また同じ考えを持つ者も出るでしょう」
「結婚式を挙げればいいじゃないか」
「王族の結婚には手順と準備がございます。結婚式となれば国事行為、民衆にも告知し、お祭りになるでしょう。その準備には半年以上はかかるかと。ですが、婚約発表でしたら、一カ月程度で準備できます」

……わかるわ。

結婚式ともなれば、シモンが言ったように国外の賓客も迎えなければならない。しかし王族というものはスケジュールがみっちりと詰まっているのが普通で、突然外国に行くなんてことはできないのだ。

しかも結婚式だけ出てすぐ帰るなんてこともできないので、迎えるこちらも要人警護や宿泊施設の準備とか、結婚式とは別の歓迎式典とか色々と用意しなくてはならない。

そのための費用を捻出するために予算も組み直す。

だが婚約式ならば、代理の出席でも非礼には当たらないので、大使とか、王族の誰か程度でも許される。

また結婚式は国民全ての祝福を得るためにパレードしたりとか色々あるが、婚約式なら貴族の間だけで済ませられる。

確か前々世の時には結婚の準備期間に一年かかったはずだ。

「正式な婚約者であれば、多少のことは目を瞑ることができますが、婚約者未満の方には目を瞑ることもできません。寝室の繋ぎの扉には鍵をかけさせていただきます」

「何故お前がそんなことを決める」

「リリアナ様がふしだらな女性と言われないためです」

「婚約式をしたら、寝室に入ってもいいのか」

「……ただ眠るだけでしたらよろしいでしょう。それでも、婚約式までは鍵をかけます」

「不満だ」

「お部屋で話せばよろしいでしょう」

「夫婦とは寝室で語らうものだろう？」

「今でもどこでも、場所など関係ありません。第一、まだお二人はご夫婦ではありません」

子供のように口を尖らせ、不満を見せたデュークスに、シモンはお母さんみたいに『やれやれ』という視線を送った。

「夫婦は寝室で語らうもの、なんて誰に教えられたんです」

「前総団長のゾイドだ」

「あの脳筋は決して女性の対応に長けているわけではありません。まさか他にも何か吹き込まれていないでしょうね？」

「ゾイドにではないが、抱けば女は喜ぶ。嫌がっても喜んでいるから気にするな。宝石とドレスさえ贈れば機嫌がいい。たまには他の女のことを口にして妬かせてやれ。実際他の女を……」

「もう結構です！　女性の前でする話題ではありませんでした」

「それらが間違いだということはもうわかっている」

「……何故わかっているんです？」

「実践してリリアナに拒まれた」

ガバッ、という効果音付きでシモンがこちらを見る。

目、怖いです。メガネの奥でも。

「一度だけ押し倒されて拒みました。それ以来不埒なことはされていません。贈り物に関しても同じですし、他の女性の話題が出たこともございません」

私の答えに、シモンは胸を撫で下ろした。

昨夜のことは……、まあ不埒ではないということにしておこう。

「そんな話を一体何時聞いたんですか。全く女性に興味がないと思っていたのに……」

「昔だ。……夫婦というものの有り様を、少し知りたくなったことがあってな。だが相手もいないので忘れていた」

デュークスは、ちょっと遠い目をした。

けれどシモンはそんなポーズではごまかされませんよ、とばかりに話を元に戻す。

「それで、半年以上先の結婚式にしますか？　一カ月先の婚約式にしますか？」

デュークスは暫く無言で悶々と悩んだ後、ポツリと答えた。

「では婚約式で」

いかにも渋々といった顔で……。


「失いそうになって、真実の気持ちに気づかれたのですわ」

と、アロンソ夫人は言っていた。

「愛とはゆっくり育むものと、突然降ってくるものとがあるそうですわ。陛下の場合は後者でしたのね」

アイリスはこう言った。

ソリアの一件が公表され、今後このような不心得者が出ないように、正式に婚約を内外に発表することになった後に。

……まあ、彼女達の言葉にも一理あるかもしれない。

自分の気持ちにしても、それまでお姉さんとして弟のように接しようとか、やる気のない王様を国民のために善き王にしようとか、思っていたのに、デュークスに告白されたらその気になっちゃってるし。

自分がこんなに恋愛に弱いとは思わなかった。

愛されることに免疫がない、というべきか。

前々世では、必要とされてはいただろうけれど、愛されたという実感はなかった。

前世では、親も含めて愛情に薄い人生だった。

今世では、両親と兄には愛されているけれど、これが初めての恋愛だ。

しかも……。

「抱擁も許可されている」

と言いながら、部屋に入って来るなりデュークスは私を抱き締める。

「これ以上のことができないのだから、これぐらいは許せ」

と言ってキスもされる。

慣れていないのですよ、こういう状況に。

たちまち赤くなる私に、デュークスは笑う。

「嬉しいか？」

「……そうではなく、恥ずかしいのです」

「だがここには二人だけだ」

そう。寝室への立ち入りを禁じたシモンは、私達の部屋の近くに、二人だけでゆっくりと話ができる小部屋を用意してくれたのだ。

寝室では部屋着だが、近くても別室となればドレスを着ていなければならない。誰に見られるかわからないのだから。

それもまたデュークスの抑止になるだろうとの判断だった。

「明日、お前の馬が届く。明日は午後に厩舎(きゅうしゃ)へ行こう」

「まあ、嬉しい」

「だが謝らねばならないこともある」

謝ると言いながらも、その顔に謝罪は見えない。

「何でしょう？」

「婚約披露のパーティを行うので、ロレスでの狩猟は延期になった。女は実家に戻りたがるものだろうに、すまないな」

女は実家に戻りたがるって、それもまた誰かから聞いたのだろう。

「戻ってはだめと言われたわけではありませんし、延期でしょう？　気にしませんわ」

「それはよかった」

この部屋に、寝台は置かれていない。

当たり前だけど。

その代わり大きな長椅子が置かれていた。

通常はテーブルを挟んで向かい合わせに座って話しているのだが、ここではその長椅子に並んで座る。デュークスはそれで満足してくれたようだ。

肩を寄せ、時折手を握ったり抱き寄せたり、……キスしたり。

自分の方も、もうそれを受け入れる気持ちがあったので嫌だとは思わないけれど、他人が見ていなくても恥ずかしい。

その『恥ずかしい』という気持ちをデュークスに説明するのに時間がかかった。どうやら彼には恥ずかしいという気持ちがないらしい。

多分、生まれながらの王様だからだろう。

「早く、お前を抱き締めて眠りたい。いや、早くお前を抱きたい」

何げなくそういう言葉を零す。

「そうすれば、きっと……、私は幸福だと思えるだろう」

いや、大袈裟です。

私ごときを抱いたからって。

……抱く。

意識すると顔が熱くなるから今の言葉はスルーしよう。

「両親に感謝しなくてはな」

「どうしてここでご両親のことが出てくるのです？」

「色々なことを教えてくれたからだ。それに、運命の神にも感謝する。リリアナに会わせてくれたことに」

何かもう、激甘でお腹いっぱいです。

最初の時のやる気のない態度や、冷たい視線などもうない。

凛々しいと、可愛いと、カッコイイと、甘いを繰り返し見せつけられているうちに日々が過ぎてゆく。

更に新しいドレスや靴を揃えたり、パーティ当日の準備も加わり、と、もう私の頭はいっぱいいっぱい。

だから、大切なことを見逃していた。

それが後に大きな出来事に繋がることも知らずに……。


濃い紫のドレスは、襟回りを淡水の真珠とクリスタルをちりばめた白いレースがショールのように取り巻き、無地の生地は胸の下の更に濃いリボンで切り替えるぴったりとしたマーメイドドレス。その切り替えの部分から、前を開けてドレスの本体を隠さないようにして、幾重にもオーガンジーのスカートが広がっている。

後ろから見たら白いレースのスカートが広がってるが、前から見ると紫のキャンドルを白いリースが包もうとしているように見える、この国ではとても珍しいデザインだった。

この国のドレスはウエストをきゅっと絞ったものが多いのだ。

それでもこのドレスを選んだのは私の我儘だった。

前世、『現代』で見たデザインで、本来はウエディングのお色直しのドレスだった。

しかも肩出しのデザインだ。

でも私は肩から胸に掛けて痣があるので肩が出せない。

だからか肩口を隠すためのレースショールなのだが、その下は肩が出ている。

色はもっと明るい色がいいと言われたのだが、紫を選んだのは自分の瞳の色に合わせてだった。

濃いスミレ色を包み隠すように何枚も重なるレースの一番外側には、クリスタルのビーズが縫い付けられている。

動くとそれが動いてキラキラと輝くようになっているから派手さはあるだろう。

痣のせいで襟刳りを大きく開けられないから首元を飾るのはチョーカータイプのサファイア。

金色のウエーブのかかった髪は結い上げずにサイドを編み込んで、垂らした髪の上には、小さなティアラが載っている。サファイアの青はもちろんデュークスの瞳の色。

「美しいですわ」

装った私を見て、アロンソ夫人はうっとりとした声で言った。

「私もそう思うわ」

思わず自分でもそう答えてしまうくらい、素敵にしてもらえた。

先日と同じように、アロンソ夫人と共に部屋を出て、控えの間に向かう。

控えの間では、シモンとアイリス、それにデュークスが待っている。

デュークスの今日の装いは黒の礼服。刺し色の赤がよく生えている。帯剣をしているのは、彼が王である証（あか）し。本来なら王冠を被るものだが面倒だと拒否し、会場でただ一人武器を携帯することでその立場を示すためだ。

確かに、飾りの宝石が輝く細身の剣は装飾として王に相応しい。

「綺麗だ」

デュークスは目を細めてそう言ってくれた。

「では行こう」

一度私を軽く抱き締めてから、手を取って大広間へ向かう。

今日は、私達の入場と共に音楽が流れた。

静かで荘厳な曲は、私達が玉座に座るまで鳴り続けた。

そう、今日の私は彼の正式な婚約者としてここに座ることができるのだ。

私達が着席すると、音楽が止まる。

シモンが私達の前に出て来ようとするのを、デュークスが手で制した。

「今宵（こよい）は私の婚約披露に列席してくれたことに感謝する」

凛（りん）とした王の声。

「未来の我が妻、正式なる婚約者として、リリアナ・ロレスの手を取ることと決めた。これ以後、彼女に対する全ては王妃にするものに準ぜよ。彼女に対する害意は私に対する叛意と受け止め、死を持って償わせることを覚悟せよ」

最後の一言は、場内を凍りつかせるほどの冷たい言葉だった。

私は、それが先のソリアの一件を意識した私への心遣いだとわかっているが、貴族達には肝が冷える言葉だっただろう。

何せ、実行犯は死罪、ソリアの実家であるオベルージュ公爵家は伯爵にまで降格し、領地の半分が没収されている。

彼が苛烈であることは周知されたのだ。

「リリアナ」

デュークスは私の手を取って立たせた。

そこでまた音楽が静かに流れ始める。

「来い」

誰もいないフロア、私とデュークスだけが連れ立ってその中央に立つと音楽は一際大きくなり、ダンス曲となる。

キラキラと輝くシャンデリアの明かりの下、集まった者達全てに見せつけるように私達は踊り始めた。

「変わったドレスだが、よく似合う」

「女性の服装は褒めるもの、と誰かに教えられました？」

「シモンに。だが、言われたからではなく、今日のお前は格段に美しい」

デュークスの顔に浮かぶ笑顔に、私も笑みを返した。

「愛してくれるか？」

「デュークスも、とても凛々しくて素敵だわ」

直接的な言葉に、私は頬を染めた。

聞こえないとは思いつつも、人前で言う言葉ではない
「さあ、どうでしょう」

「ではもっと精進しなければな」

軽やかなステップ。前回のように他者にアピールするようなダンスではなく、この時間を愉(たの)しむための動き。

静かな水面に花弁が浮かんでいるような。

やっぱりもっと可愛いドレスにすればよかったかしら？

でもあまり娘らしいドレスだと、甘く見られそうなのよね。

「右を見ろ」

と言われて自然に右に視線を移す。

そこには、お父様が不安そうな、それでも嬉しそうな顔で立っていた。

「お父様」

「ロレス男爵は伯爵に叙爵する。王妃の実家として。望むならオベルージュから奪った領地を下賜してもいいぞ」

「それは管理が大変そうですから、きっと辞退なさいますわ」

「そうか。お前の父も、何かを貰って喜ぶ者ではないのだな」

「はい。自身の仕事が潤滑に進むことを願う方です。それに、あまり取り立てられると周囲の方々の嫉妬も怖いですし」

それでお母様のことをつつかれても困る。

「では、落ち着いたら、約束通り狩猟を楽しみにロレスへ向かおう」

「それは喜ぶと思います」

曲が終わりに差しかかり、再び玉座に近づく。

その時、私は貴賓席に立つアトモスに気づいた。

他国は皆大使レベルの出席者なのに、第一王子であるアトモスが出席してくれている。妹の私が婚約すると知って来てくれたのね。優しいお兄様。

だが金髪の美しい王子の顔は何故か酷く曇っていた。

「どうした？」

「いえ、もう終わりなのかと思うと寂しくて」

「ではもう一曲踊ろう」

二曲目が始まると、他の方々もフロアに出てくる。それと入れ替わりに下がるはずだったのに、彼はそのまま私の手をとり続けた。

今度は少し速い曲調だ。先のダンスは、私とデュークスの姿を見せるためにゆっくりとしたものだったのだ。

速くても、私達はやはり中央で艶やかに踊り、それが終わってようやくフロアを離れた。

玉座のある場所に戻ると、待っていたかのように人々が私達を取り囲む。

「この度は、おめでとうございます」

「美しい妃殿下をお迎えになりましたな」

「まるで花が咲き誇るようなダンスでございました」

口々に贈られる賛辞。

本心かどうかはわからないけれど、向けられて悪い気はしない。

来賓への個別の挨拶が始まるかと思ったのに、そのまま集まった者達が話しかけてくる。

これでいいのかしらと心配し、事前にシモンに確認をしたところ、ヘタに正式な挨拶にしてデュークスが相手の不興をかっては困るとのことだった。

不遜で面倒臭がりやなので、長々挨拶されて『煩い』と場を離れて相手を怒らせることを恐れたのだろう。

うん、ありえる。

自由な挨拶の形にすれば『煩い』は大勢の人間がいるから、ということで特定の人物に向ける言葉にはならない。

各国の大使や王族には、事前に王はそういう方だと説明して個別に席を設けることになっているらしい。もちろん、そこには私の同席が必須だ。

彼が中座しても、正式な発表の行われた婚約者が残れば非礼にならないだろう。その為に、個別の席はこのパーティが終わってからになる。

明日から外交かと思うと面倒だが、デュークスの為なら頑張ろう。

その前に彼に外交の有用性を説くべきね。

デュークスは、傍らにシモンを置いて何とか挨拶を乗り切っていた。

相手をしているのはシモンだけなんだろうな。

ちらりと聞こえて来た会話では、病院や護岸工事のことを尋ねている者が多いようだ。何れもまだ完成しきっていないとはいえ、私の知識を加味した技術は他国にとっても興味津々なのだろう。

それに答えているのは、各担当大臣のようだった。

あの塊の中には大臣達もいるのね。

一方の私も、彼等に負けず劣らずの人々に囲まれていた。

先日までの態度はどこへやら、女性達は媚びるようにお愛想を口にする。

態度が変わるのは、前世の私としては腹立たしい。でも前々世の私としてはよくわかる。貴族というものは、生まれた時から階級というものを教え込まれるのだ。

『現代』のように色んな自己価値を持てるわけではない。特に女性達にとっては殆どが、自分の家格というものが己のステータス。それを揺るがされることは自分を否定されるに等しいのだろう。

理解はする。

受け入れないけど。

なので上辺だけこちらも愛想よく対応し、彼女達を安心させてあげた。大丈夫よ、もう怒っていないわ。これからは仲良くやりましょう、と。

「リリアナ」

デュークスではない男性の声が、敬称を付けずに私の名を呼ぶ。

「お父様」

それができるのは、この場でただ一人。

「皆様、申し訳ございません。少し父との時間をいただけますかしら？」

にっこり微笑んで言うと、取り巻いていた人々が道を空けてくれたので、私は近づいてきた父の手を取った。

「お久し振りでございます」

「本当に」

涙ぐみながら私を見る父の姿に、心配を掛けたのだなと反省する。すぐに出戻ると思っていたのに、半年以上も戻らなかったのだから。

私達親子の会話に耳を澄ます者に気づいて、私は父をバルコニーの方へ誘った。

「少し二人きりにさせてくださいね」

と微笑めば、久々の親子対面について来る者はいない。

まだ追いかけて来ようとする者達に、これ見よがしの礼をして拒絶し、バルコニーへ出る。

人の目が届かない手すりの端まで来ると、父は私を抱き締めた。

「リリアナ、元気だったかい？」

優しい抱擁に、思わず胸が詰まる。

「いらしてくださってありがとうございます、お父様」

「陛下に無体なことをされているのではないか？　やはり断りきれなかったのだね」

「いいえ。違います」

私は身体を離し、父の顔を見上げた。

「私が望んで残ったのです」

「お前が？」

「はい。デュークス様と直接お顔を合わせてお話しをして、彼の側にいたいと願ったのです」

「しかしお前の肩のことは……」

娘の瑕疵を言いにくそうに、それでも心配する眼差しで訊く。知らなければ、知った途端に怒りをかうのではないかと。

「陛下はご存じです。というか、私が最初に告げました。それでも、陛下はよいとおっしゃってくださいました」

きっぱりと言って微笑むと、父は暫く私をじっと見たまま黙ってしまった。

手紙だけは書いていた。

城からの手紙は検閲が入るかもしれないから、当たり障りのないことしか書けなかったけれど婚約者になることは知らせていた。毎日大切にしていただいていることも。

それでも、信じられなかったのだろう。

結婚はしたくない、すぐ帰ると言っていた娘と、二十七人も婚約者を失い、それまで何もしようとしなかった王の婚約だなんて。

「お前はそれでいいのかい？」

「はい」

「……不正があり、それを正したと言って我が家にいつも以上の管理費が送られた。それ以外に、お前の支度金としてかなりの額もいただいた。もしかしてそれをするためにお前は……」

「まあ、支度金？　そんな話聞いてませんわ」

「本当に？　馬と馬車も届いたが、それも知らない？」

「知りません」

デュークスったら、言ってくれればお礼を言ったのに。

「我が家のために身を売ったのではないね？」

「そんなことしません」

見損なわないでというようにぷんっと頬を膨らませると、やっと父の顔に笑顔が浮かんだ。

「ではお前は、陛下を愛して結婚するのだね？」

愛という言葉に、膨らませたばかりの頬が熱くなる。

「多分……。陛下の側で、彼を支えていきたいと思ってます」

彼を愛してる、と父に言うのはちょっと気まずくて私は言葉を濁した。けれど父にはわかってしまったようだ。

優しい手が、そっと私の髪を撫でる。

「そうか……。お前を手放すのは寂しいが、望む結婚をさせてやれるのなら、きっと亡くなったお前の母も喜んでいるだろう」

それは母の最初の不幸な結婚を思い出しての言葉だろう。

「お母様はお父様と結婚して幸せでしたわ。だからお二人の娘である私も、幸せになります」

ＤＮＡ鑑定なんてないこの世界では、私の生物学的な父親がだれであるかは曖昧なままだ。けれど私にとって、この世界の父親は目の前にいる人だけ。

「陛下が、落ち着いたら一緒にロレス領に行ってくださると言っていたわ。その時に会ってくだされば、きっと安心できるわ」

あの甘い態度を見れば、ね。

「私はリリアナのその顔を見れば安心できたよ。だが、もう一人、お前のことを心配している方がいる。よかったら、直接話をしてくれないか？」

父が、誰のことを言ってるかはわかった。

さっき見た曇らせた顔。

アトモスも……、兄も、事情がわからず私のことを心配してくれているのだろう。今回のことはきっと父が説明したに違いない。ある日突然呼び出されて、会ったこともない王様に命令されるように結婚させられることになったとなれば心配するのは当然だもの。

「ええ、もちろん」

「関係を探られると困るから、私が呼び出そう。そうだな……」

父はバルコニーから庭を見下ろした。

「あそこの、植え込みの向こう側ならば人目につかないだろう。ここからも見えないし」

「ええ。じゃ、私はここから出て行くわ」

父はもう一度私を抱き締め、頬にキスした。

「我が家はタウンハウスがないと言ったら、陛下のご好意で暫く王城に滞在することになったんだ。

またゆっくり話をしよう」

「ええ。是非」

それも知らなかったわ。驚かそうとしていたのかしら。嬉しくて、私は微笑み、バルコニーの端にある階段から庭へ下りた。

振り向くと、まだ父が手を振って私を見下ろしているから、私も手を振った。

祝福してもらいたい。私は愛し合って結婚するのだとわかってもらいたい。

覚えている三度の人生で、初めて手にする幸福な恋愛だもの。

バルコニーから少し離れるだけで、室内の明かりは届かなくなった。けれど庭には警備のために篝火（かがりび）があちこちに置いてあって真っ暗ということはない。建物からそう離れていないせいか、警備の衛士の姿もない。

父が示した植え込みを回ると、少し開けた場所があり小さな噴水があった。建物を振り返ると、背の高い植え込みのせいでバルコニーも見えない。ということは向こうからもこちらが見えないはず。

安心して噴水の縁に腰掛けて待っていると、ややあってから人影が近づいてきた。

「リリアナ？」

迷っているのか姿が見えないので、こちらからも呼びかける。

「こちらよ」

すると、すぐに金髪の男性が姿を見せた。

「リリアナ」

小さな声で私を呼びながら駆け寄って来る。

「元気だったかい？」

「ええ。アトモスは？」

「元気だよ」

微笑みながら、彼は私を軽く抱き寄せ、一緒に噴水の縁へ腰を下ろした。

「これは一体どういうことなんだ？　ロレス男爵の話では、すぐに戻るということだったのに」

「婚約することは聞いた？」

「ああ。すぐに断って戻ると言っていた。男爵令嬢が王の婚約者になるわけがないと。戻ったら連絡をするように頼んだのだが一向に連絡がなくて心配していた」

整った彼の顔が僅かに歪む。

「我が国でのデュークス殿の評判は、決して芳しいものではない。国を議会に任せたまま、公式の席にも顔を見せず、たまに姿を見せればすぐに退出してしまう。そして二十七人の女性は、彼が刈り取ったのではないかとも言われていた。しかも最近はわけのわからない工事をあちこちで始めたと」

あながち間違った情報と言えないのが辛いところね。

工事に関しては他国だから詳しい情報もないだろうし。

「彼は変わったの。今は議会にも顔を出しているし、善き王になろうとしているわ。それに、工事はちゃんとしたものよ。よければアトモスも説明を受けるといいわ。彼と会うのでしょう？」

「明日の午後、面会の予定だ。君も同席するかい？」

「多分。でも初対面のフリをしてね」

「それはもちろんだ。……彼は、私達のことを知っているのだろうか？　男爵の娘を王妃にというのは、母上のことを……」

私は首を振って笑った。

「こちらの宰相は、あなたが私の恋人だと思っていたみたい。だから『恋人と逃がしてあげます』と言えばすぐに姿を消すと思っていたの」

安心させるための言葉のつもりだったのだが、アトモスはまた難しい顔になった。

「それでは、君に逃げる理由がなかったから無理やり婚約を？」

声には怒りを含んでいる。

「そうじゃなくて」

失敗したわ。最初からちゃんと説明すべきだった。

「はっきり言いなさい、リリアナ。好きでもない男に、王というだけで婚姻を迫られているのか？お前が逃げたいと思うのなら、私は私の名に懸けて君を引き取ってもいい」

「アトモス、そんなことをしたら大変なことになるわ」

冗談でも、他国の王子が王の婚約者を連れ去るなんて、戦争問題よ。

「構わない。私は君を幸せにすると誓ったんだ。デュークス殿とはまだ婚約だけだろう？　それならば私が攫って逃げることも可能だ」

「アトモス」

「私はもう、愛する者に何もしてやれず苦しむ姿は見たくないんだ」

同じ王という立場の人間に苦しめられ、放逐された母。アトモスはまだ幼く何もできずに母を見送ったことを悔やんでいるのだろう。

「落ち着いて、アトモス。誤解よ」

「あの時の……、無力感をもう味わいたくない」

やっぱり。母のことを……。

「リリアナ」

アトモスは私を抱き締めた。母のトラウマを持ってしまった兄を、私も抱き締めた。こんなに立派になっても、彼は心に傷を負っているのだ。『何もできなかった』という傷を。

「愛しいリリアナ、君が大切なんだ。幸せにしてあげたいんだ。国を巻き込んでもいい、父に言えば君を連れて行くことだってできる」

「アトモス、それは……」

「私の妻をどこへ連れて行くつもりだ、ケザルアの王子よ」

ビリッ、と空気を震わせる低く冷たい声。

アトモスの手が緩み、同時に私も声の方へ振り返る。

暗闇に、蒼い冷気を纏ったような黒い人影。

「デュークス！」

私が名を呼ぶと、彼の殺気に反応したのかアトモスが私の手を握った。

デュークスの視線がそれを捕らえる。

「手を離せ」

低く命令する声。ざわり、と肌が粟立つ。あの時と同じだわ、捕らえられた私を救出に来た時と。

いいえ、あの時よりももっと怖い。

「離して、アトモス」

私が囁いても、彼は手を離さなかった。

「手を離せと言ったはずだ」

「あなたのその様子では、手を離す気にはなれません」

「それは私の妻だ」

「彼女は『もの』ではない」

いけない。アトモスはデュークスに自分の父を重ねている。なまじ王子として威圧に耐性があるのもいけない。普通の人ならばこんなデュークスを見たら逃げ出していただろうに。

「彼女の意志に反しての拘束は、認められるものではない」

「リリアナの意志ではないとお前が口にする権利があるとでも?」

「誰であっても、権力で女性を縛る者を許すことはできない。彼女は私の……」

「アトモス!」

それは言ってはダメ。

「何故お前はその男の名を呼ぶ!」

「デュークス」

カラン、と音がした。

彼が腰に帯びていた剣を抜き、鞘を捨てる音が。

「私のものを奪おうとするのなら、相応の覚悟が必要だ」

抜き身の剣がキラリと光った。

「それは私のものだ!」

アトモスは帯剣していなかった。いいえ、剣を持っていたとしても、隣国の王子に剣を向けたとあっては、ましてや傷など負わせようものなら、どうなるか。

多少乱暴ではあるが、私は肩からぶつかってアトモスを突き飛ばし、振り上げられた彼の剣の下に身を躍らせた。

死ぬ気はない、ましてや切られる気もない。

デュークスなら、絶対に剣を止めてくれると信じての行動だった。

「だめ！」

両手を広げ、彼の身体にタックルするように飛びつく。

「リリアナ！」

叫んだのは、アトモスだった。

振り上げられた剣は、思った通り私の身体に触れることはなかった。

「違うの、誤解なのよ。アトモス様は……」

説明をしようと顔を上げた私は、そこに想像もしなかったものを見て言葉を失った。

「デュークス……？」

さっきまでの殺気は消えうせ、目の前の彼は大きく目を見開きながらガクガクと震えている。

その表情は、怯えと言ってよかった。何か、見てはいけないものを見たかのように、恐怖に怯えている。

「あ……」

「デュークス」

剣が、彼の手から落ちる。

「あ……、ぁ……、ああああああ……！」

真っ青な顔で、大きく目を見開き、狂ったように髪を掻き乱す。

「デュークス、しっかりして。デュークス！」

彼の尋常ならざる様子を見て、アトモスも駆け寄ってきた。

「デュークス殿？」

落ちていた鞘を拾い、剣を取り収める。

「誰かいるか！」

王子としての凛とした声で人を呼ぶと、シモンが飛び出してきた。きっと姿の見えなくなったデュークスを追っていたのだろう。

「何かございい……」

そのシモンも、デュークスの様子を見て言葉を失くした。

「陛下？」

「近づくな、様子がおかしい」

冷静に、アトモスがシモンを止めた。持っていた剣をシモンに手渡す。何故あなたがこれを、という目でアトモスを見たが、黙って受け取った。

「シモン、デュークスは私が部屋へ連れて行きます。他の方達は上手くごまかして」

「お一人で大丈夫ですか？」

「デュークス、立てる？」

優しく声を掛けたが、彼はまだ怯えの中にいた。それでもゆっくりと立ち上がる。頭を抱え、背中を丸めたままだったけれど。

「リリアナ殿、私も随行しようか？」

「いいえ、アトモス様は他国の方、奥に招くことはできません」

「しかし……」

私はアトモスを真っすぐに見返した。

「この方は、私の愛する夫となる方です。ですからご心配なく。……よろしければ彼にだけ事情を話しておきたいと思うのですが」

アトモスは少し考えてから「許す」と言ってくれた。

「宰相殿だったか、どうやら陛下は具合が悪くなったようだ。部屋で休ませるがいいだろう。婚約が整ったばかりの二人が席を外すならばおかしいことでもあるまい」

シモンは、この場をアトモスが仕切ることに疑問を抱いたようだが、私が頷くと受け入れた。

「それで……、いいのだな？」

背後から向けられたアトモスの言葉に、私は振り向いて微笑んだ。

「ありがとうございます」

そして唇だけで『お兄様』と綴った。暗がりで、その動きが彼にわかったかどうかはわからなかったけれど……。

生きることは殺すことだった。

他者を踏みにじることが、自分が生きている理由だった。

だが、その少女だけは違った。

彼女は、私を恐れることなく側にいた。

ずっと。

だから私にとって彼女は必要だった。

どんな『もの』になっても、彼女だけは手放せなかった。

だが私は彼女に殺された。

そして私も、彼女を殺した。

意味などわからない。けれど彼女がそれを望んだのなら、それはきっと正しいことなのだろうと思えた。

父の、あの男の言葉以外で私の耳に届くのは、軽やかな小鳥のような彼女の声だけだった。

きっと彼女は特別なのだ。特別な彼女が望むことは、特別なのだ。

「愛しているからです」

と彼女は言った。

「他の全てのものを捨ててください……。私がいます」

それならいいか、と思えた。

「あなたを……、愛してます……」

もう一度繰り返すと、彼女の瞼（まぶた）が閉じた。

「リュシエーヌ……。私には……愛がわからない……」

私には『愛』などというものはわからなかった。だから彼女を愛しているとは言えなかった。

絶命したのは彼女の方が先だった。

ピクリとも動かなくなった身体を抱き締めた時、私は世界の崩れる音を聞いた。

全て、だ。

全てが、崩れ去った。

感じたことのない消失感。

それでも、息絶える瞬間まで、私は彼女を愛しているかどうかがわからなかった。

人目を避け、何とか私はデュークスを部屋まで連れて行った。

途中出会った数人の衛士達には、体調を崩したようだから部屋で休ませる、後は宰相殿が手配してくれていると言っておいた。

彼の表情は人に見せられたものではなかったけれど、俯いたままだったので何とかごまかすことができた。

私の寝室に入り、そっと彼をベッドの上に座らせる。

まるで抜け殻のように力無く座る姿は老人のようだった。

「デュークス……」

彼の足元に跪き、下から手を伸ばして彼の頬に触れる。

ビクッと震えてから、彼は私の手に手を重ねた。

「温かい……」

やっとポツリと漏らした言葉。

「生きている……？」

「もちろんですわ。ピンピンしてます」

ゆっくりと顔を上げたデュークスは、私を見ると腕を取って引き寄せた。

強い力が簡単に私をその腕の中に収める。

何かを言う前に、彼は私に口づけた。

痛いほど強く抱き締めて、食べられてしまうかのような口づけをする。縋っているみたいに。

何も言えないままでいると、彼は突然私の肩に手を掛け、乱暴に襟元のショールを引き剥がした。

「きゃっ」

更にドレスにも手を掛けて引き下ろすと、肩紐(かたひも)のないドレスは胸の膨らみの途中まで引っ張られ痣を露にする。

「デュークス」

彼は指先で私の痣をなぞった。

「また殺してしまうかと思った」

ポツリ、と呟く言葉。

「これは傷ではないな?」

「違います……」

答えると、彼が安心したように力を抜く。

ドレスは引き下げられたが、彼がいやらしいことをしようとしているわけではないとわかって、おとなしくする。

今、『また』殺すと言った? 私が捕まった時、賊を手に掛けたことなの?

「両親は、俺を大切に育ててくれた……」

まるで懺悔(ざんげ)のように彼が口を開く。

「愛情を持って、優しく、時に厳しく見守ってくれた。愛するということは相手を喜ばせてやることなのだと。笑っていられるように努力することなのだと教えてくれた。だから、俺は自分に向けられる愛情に応えようと、彼等を喜ばせるために努力した」

愛されて育ったことを、どうしてそんなに悲しそうに語るのだろう。

「だが、十五の時、突然俺の中に別の記憶が湧き上がった。それは……、酷いものだった」

「酷い？」

「自分が多くの人間を殺していた、という記憶だ」

「悪夢を見るようになったのですか？」

「違う、あれは事実だ」

彼はきっぱりとした口調で断言した。

「人の身体を切りつける感覚も、首を撥ねる感覚も、串刺しにする感覚も、全て覚えている。なのに、殺したという罪悪感すらない。あれが、俺だ。それを思い出してから、剣は捨てた。これ以上強くなった結果がそこに繋がるのが怖くなった。きっと、俺は今も同じように人を殺せるのだろうとわかったから」

淡々とした口調。抑揚もなく、感情もこもっていない。

「俺は王になってはいけない人間だ。何をどう学んでも、俺の本質はそこにあるのだとしか思えなかった。だから、全てを捨てた。何もせず、周囲の人々に任せるべきだと」

十五歳の頃から、無気力になったという彼。それはその悪夢に取り憑かれたからだったの？

「俺は……、妻すら殺した」

「妻？」

「記憶の中の、妻だ。柔順で、純真で、俺の側にずっといてくれた女性だ。彼女がいると心が休まったというのに、この手で殺した。愛していると言いながら彼女が俺を刺したから、反射的に切り殺してしまった」

……え？

それってどこかで聞いたような。

「俺には、彼女の語る『愛』がわからなかった。愛するということが何なのかわからなかった。ただ、彼女が死んだ時、自分が全てを失ったことだけはわかった。あの時の自分に『心』というものがあったなら、心すら壊れて消えた。……もっとも、すぐに死んだがな」

頭が……、混乱する。

まさか、そんな……。

「俺は愛を知ったと思った。両親に教えられたと思っていた。だが、やはりそうではなかった。お前があの男に抱かれているのを見た時、頭が真っ白になって……剣を抜いてしまった。お前を殺そうとした。俺はやはり変わっていない。あれが俺の本性なんだ……！」

彼は私の肩に顔を埋めた。

「どこにも行かないでくれ。いや……、あの男のところに行け。あの男ならお前を殺さずに愛してくれるだろう」

「彼は……、私の兄です」

「あれはケザルアの第一王子だ」

「ええ。私の母は、ケザルアに離縁され、追放された元王妃でした」

彼はゆっくり顔を上げた。

「どういうことだ？」

「追放された後に父のロレス男爵と出会い、月足らずで産まれた私はどちらの子供かわからないのです。それで、アトモスは、自分が兄だと言ってきました。彼は、幼い頃に母親に何もできなかったことを悔やみ、亡くなった母の代わりに私を大切にしてくれているだけです」

「ならばケザルアに……」

「あちらの国に行っても、王女とは認められないかもしれない。認められたら政略結婚の駒にされることはわかっているので、私はロレス男爵の娘であることを選びました」

「そう……、か。そうだろうな。あの国の王は色ボケの酷い王だと聞く」

彼はまた跪いている私の肩に頭を預けた。

「あなたは、記憶の中の奥様を愛していました？」

「多分。彼女を失った時には世界も消えたと思った」

「大切でした？」

「大切だった。……正直を言えば、お前の痣を見た時、お前はあれの生まれ変わりではないかと思った。私が付けた傷と同じに見えて。だから今度こそ、幸せと思えるようにしてやりたかった」

「私は身代わりですか?」

「違う。リリアナは彼女とは違う。彼女は私に従うばかりだったが、お前は私に意見し、よく笑い、怒り、拗ねて……、それを可愛いと思った。だが……やはり俺ではダメなのだ……」

「いいえ、そんなことはありません」

「俺はお前を殺そうと……!」

「タウラス」

私がその名を呼ぶと、弾かれたように彼が顔を上げる。

「何故……、その名を……」

もしかして、と思ったがやはりそうだったのか。

私は、彼に愛されたかった。タウラスに、愛されたかった。ただ、必要とされるだけでなく、自分が愛していたから彼にも愛して欲しかった。

何という強欲。

もしかしたら、前々世の記憶を手放せなかったのはそのせいだったかもしれない。ちゃんと、彼から『愛している』という言葉を聞きたいがために、彼を忘れなかったのかもしれない。

何という妄執。

「私を、愛していますか?」

彼の頬に手を添えて見つめ合う。

溢（あふ）れる涙が止まらない。

「このリュシエーヌを、愛していてくださいましたか？　タウラス様」

彼の目が、信じがたいものを見るように大きく開かれる。

「愛して……いた……」

彼の手も伸びて、私の頬に触れる。

「ああ、嬉しい……。私は、その言葉が聞きたかった。あなたに、愛されたかった。今、とても幸せです」

「リュシエーヌ……、リリアナ……」

「はい」

「俺はお前を愛していいのか？」

「それを望んでおりました」

愛されたい。

愛していたから、愛されたかった。

「お前を殺そうと……、殺した男であっても？」

「私は私の意志であなたの命を奪いました。けれどあなたは反射的に剣を振るっただけです。そして、リリアナはここにいます」

私は殺されてなどいない。

「ここにいてあなたを、デュークスを愛しています」

恐る恐る、彼が私に口づける。

しっとりと唇が唇に重なり、名残を惜しむようにゆるりと離れる。

「求めて、いいのか？」

私は、満面の笑顔でその問いに答えた。

「だって、私はあなたの妻ですもの。ずっと」

「リリアナ……！」

デュークスは、強い力で私を抱き締めた。

もう、絶対に離さないというように。


結婚するまでは、不埒な真似はさせませんと拒んでいたけれど、私達はもうとうに結婚していた。

健やかなる時も、病める時も、死を迎えたその後も、共にいると神に誓った。

神様が、本当に存在しているのかどうかはわからない。けれど今は、その存在に感謝したい。

私達の誓いは嘘にならなかった。

魂は再び出会い、こうして共にいられるのだから。

「どちらの名で呼ばれたい？」

ベッドに私を引き上げたデュークスは、私に問いかけた。

「リリアナ、と。だって私はもうあの時と同じ考えはしませんもの」

「同じ考え？」

「あなたが道を外したら、殴ってでも縋り付いてでも止めて、お説教します」

「それは……、しそうだな」

生気の宿った瞳が、楽しそうに笑う。

ああ、この人にはちゃんと意思がある。自分の感情がある、と思わせる表情。

「俺もうタウラスではない」

彼は私の額に口づけた。

「タウラスがリュシエーヌを抱いたのは、安らぎと温もりを求めてだった。だが俺はもっと別のものが欲しい」

頬にもキスされる。

「別のもの？」

そして耳にキスすると、低い声で囁いた。

「お前の悦ぶ顔と、喘ぐ声だ」

その一言にカッと頬が熱くなる。

「な……」

「王として跡継ぎを得るために抱くのではなく、腕の中にいる女性を愛しいと思って抱くのは初めてだ」

ドレスの胸元を強く引き下ろされ、胸が零れる。

痛みはなかったけれど、背中を留めていたボタンが弾ける音がした。

「ドレスが……」

「いくらでも新しく作ってやる」

キスが、痣の上を滑る。

それは何度もされた。けれど今日はそのキスが痣の消えた胸の膨らみにまで降り注ぐ。

くすぐったかったキスが、その途端甘い愛撫に変わる。

「ん……っ」

ゾクッとして声を上げると、彼は先をぺろりと舐めた。

「あっ！」

こんなこと、タウラスにはされたことがない。つまり、三度の人生で初めての感覚だった。

「デュークス！」

笑っているから声を上げて異議を唱えると、彼は私を抱き起こし、今度は丁寧に背中のボタンを外した。

「怒らせてみたくなったんだ」

全てのボタンが外され、身体の締め付けが取れる。

するりと落ちたドレスの下から白いビスチェが現れる。けれどそれも、さっき引き下げられたせいで用をなしていなかった。

「リュシエーヌは何をしても怒らなかったから」

「だとしても……」

「それと、もう『待て』と言われないかどうかを確かめたかった。続きをしても?」

返事をする代わりに、私は彼に抱き着いた。

デュークスは少し驚いたように身を震わせたが、すぐに彼の方からも抱き締めてくれた。

気持ち、伝わったかしら?

愛されたいの。

あなたが愛してると言ってくれることがどれだけ幸せか、知って欲しい。

デュークスの唇がまた額に触れる。

柔らかな感触は安堵をくれる。

もう一度耳にキスされ、最後には唇に。

軽く何度もキスされ、その間にビスチェのホックも外される。前でしっかりと留められていたそれは、簡単に外れ、私の上半身を隠すものはなくなってしまった。

露な胸を見られるのが恥ずかしくて、思わずしっかりと彼に身を寄せる。

「少し離れろ」

「いや……」

「ドレスが邪魔だ」

腰から下にはドレスが溜まっていたが、それが私の羞恥心の砦となっている。

胸をはだけさせた上に下まで取られたら、全裸になってしまうもの。

「リリアナ」

「……あなたは何も脱いでいないじゃない」

「俺の裸が見たいのか？」

「そ、そういうのじゃなくて……。私だけ……。恥ずかしいのよ！」

デュークスは喉を鳴らしてクックッと笑った。

「待っていろ」

大きな手が、髪に差し込まれ優しくかき回す。

撫でられたのか、髪の手触りを楽しんだのかわからないけれど、ドキドキする。

彼が、しがみつく私を首にぶらさげたまま礼服を脱ぐ。薄いシャツ一枚になると、体温を感じる。

更に、そのシャツを脱ぐと、肌と肌とが触れて、布とは違う感触に戸惑ってしまう。

「これでいいな？」

下からすくい上げるような軽いキス。

「お前の身体など何度も見たのにそそられる」

「この身体では初めてだわ」

「確かにそうだ。ではじっくりと見せてくれ」

「あ！」

首の後ろに回していた手首を取られ、ベッドの上に縫い付けられる。

隠すもののない胸が、彼の目に晒される。

恥ずかしくて、思わず顔を背けたが、彼はそのままじっと私を見下ろした。

「綺麗だ……」

「で……でも、痣があるでしょう？」

「俺が付けたものだと思えば、それすらも愛しい。お前に痕を刻むのは俺だけだ」

身体が近づいてきて、また痣のある場所にキスされる。

ああ、もう何度キスされただろう。

唇だけでなく、あちこちに。

「ん……」

痣をなぞっていた唇は、さっきと同じように膨らみを滑り、今度はその先を口に含んだ。

「あ……！」

先端だけが、熱く濡れたものに包まれる。

心臓の鼓動がうるさくて、彼にも聞こえているのではないかしら？

掴まれていた手首が解放される。

自由になった手で、彼がもう一方の乳房を包む。

壊れ物を扱うようにそっと包んで、撫で摩る。

右の胸には扇情的な愛撫を与えているのに、もう一方は優しくて。そのどちらもが私を翻弄する。

「リリアナ」

名前を呼ぶために唇が胸から離れると、ほうっとため息が出た。それで自分が呼吸をしていなかったことに気づいた。

苦しい。

呼吸をしていなかったからではなく、私を呼んだ声が甘かったから。

「愛するということは、我慢のできないものなのだな」

言いながら、また彼が背を伸ばし唇を合わせる。

「お前が恥じらう姿をもっと見たい」

悪趣味、と怒りたい気持ちが半分。残りの半分は、私にちゃんと目をむけてくれて嬉しいという気持ち。

「リリアナ」

また彼が私の名前を呼ぶ。

ちゅっ、と軽い音をさせて唇にキス。

頬にキス。

顔を逸らした髪を掻き上げて項にキス。

そこから肩のラインに沿ってキス。

腕を捕らえて内側にキス。

胸にも、心臓の上にも、キスの雨が降る。

「ち……ちょっと待って……」

くすぐったくて身を捩ると、脇腹にもキスされた。

「デュークス……！」

キスから逃げるように俯せになると、長い髪をかき分けて背中にもキスされた。

もう……っ！

「ああ、これを取らなければな」

彼の手が髪飾りとネックレスを外す。

そのまま、ドレスのスカートも取り去った。

いつもならアンダードレスとしてパニエを身につけているのだけれど、今日のドレスは外側のレースが広がっているだけでドレス自体は膨らませていない。なので、脱がされるとドレスが纏わり付かないように身につけた絹のタイトなスカート姿になる。

動きやすいようにスリットが入っていて、そこから彼の手が入り込む。

「あ……」

腿に、堅い掌が滑る。

するりと股の間に入り、下着の上から秘部に触れる。

「デュークス……」

拒みはしない。

彼に愛されることを望んでいるし、前々世では夫として閨を共にしていたのだから。

でも、あの時は愛撫というものはなかった。

彼が、男性として望む行為を受け入れるだけだった。

タウラスには、『愛でる』という考えがないのだから。

でもデュークスは……

「う……」

指が、器用に下着を解く。

この世界の下着はドロワーズのように片足ずつ脚を入れて合わせるものではなく、『現代』の紐パンに近いものだった。

なので、横の紐を解かれてしまうと簡単に外れてしまう。

下着を外した場所に、指が動く。

デュークスは俯せた私に重なるようにして身を寄せていた。

「あ……、んん……っ」

指が敏感な突起を探り当て、撫でるように弄る。

それだけでビクビクと全身が震える。

「あ……、や……っ。ン……」

シーツを掴み、溢れ出す快感に耐えようとするけれど、声が止まらない。

下に伸びた手とは反対の手が、私の首を抱えるようにし、振り向かせた。

そしてまたキス。

舌が唇をなぞり、そのまま口腔に差し込まれる。

「舌を出せ」

言われるまま舌を出すとその舌を舐められた。

「ひゃっ」

変な声を出すと、笑われてしまった。

からかわれてる。

そう思ってムッとしたがそうではなかった。

「そんな顔、見たことがないな」

目を細めてそう言われると、怒ることもできない。

「前は見逃していたものを、これから見ていけるのかと思うと嬉しい」

私も、だ。

愛しい人のくるくると変わる表情を見られて嬉しい。

いつも、暗い表情だったタウラスを見るのは辛かった。

彼を笑わせることができなかったのが、悲しかった。

でもデュークスは目の前で笑っている。

子供のようだったり、冷たかったり、微笑んだり、嬉しそうだったり。様々な笑顔を見せてくれている。

今は、嬉しそうだけれど、すぐにそれは悪い笑みに変わった。

「ン……」

キスをしながら、下に伸びた指を動かす。

肉芽を優しく嬲（なぶ）り、更に奥に指を伸ばす。

「ふ……っ、ア……」

秘部に指が差し入れられる。

「もう少し、だな」

入口は、もう濡れているのがわかっていた。

でもまだ足りないと彼は言う。

「初めてだろう?」

「当たりま……、あ……」

「初めては痛みが伴うと聞く。だがよく濡らせば、痛みは感じないそうだ」

指が、入口近くで中を荒らす。

まるで肉の柔らかさを確かめるように。

一度指が離れたかと思ったら、彼は私を仰向けにして行為を続けた。

体温が上がる。

剥き出しの上半身が汗ばむ。

筋肉質の彼の身体も熱を帯びている。

「あ……」

彼が私の髪に顔を埋めると、その身体で胸が潰される。

胸と胸とが密着し、彼が動くと肌が擦れる。

たったそれだけのことなのに、目眩がする。

「脚を開け」

耳元で下される命令。

言われるままに少しだけ脚を開く。

僅かに空間が広がると、指はさっきより深く差し込まれた。

「あ」

ズキッとするほどの感覚が胸に走る。

言い表せない甘い疼きが下腹部に広がっていく。

「あ……、ぅン……」

指をそのままに置き、また彼が私の顔中にキスを降らせる。

ひとつひとつを丁寧に、優しく。

呼吸を妨げないようにか、唇は求められなかった。

けれどそれがもどかしくなってしまい、強く求められたいと思ってる自分に気づき、恥ずかしくなってしまった。

何も考えられなくなるくらい激しくして欲しい。

私を助けに来た時に見せた幽鬼のような怒り。

あの時のような強い感情を自分に向けて欲しい。

縋るのではなく求めて欲しい。

私、同じ人に二度、恋をしたのだわ。

デュークスがタウラスだと気づかなくても、彼を愛した。

それって凄いことでしょう？

それだけ強い気持ちが、ここにはあるの。だからその分求められたいと思うのは、はしたないことではないわよね？

指が、硬くなった胸の先をカリッと引っ掻いた。

「あ……」

痺れるような快感に声が出る。

もう一度、軽く爪が当たる。

「や……っ」

肩がぞわぞわとして鳥肌が立つ。

激しくして欲しいのに、与えられるささやかな刺激に大きく反応してしまう。

なので、望む通りの激しい愛撫が始まると、快感と羞恥で頭が真っ白になってしまった。

「あ……、だめ……っ」

身体をまさぐられ、胸を吸われる。

舌が肌を濡らす。

愛撫で溢れる露を纏った指が動く。

快感は全身に広がり、肌がビリビリと震えている。

「デュー……、デュークス……」

身を捩って愛撫から逃れようとしたのは嫌だったからではなく、彼から与えられる快感という熱量に耐えられなくなってしまったからだ。

零れるほどの悦楽に溺れてゆく。

手を伸ばして、胸にいる彼の黒い髪に触れた。

柔らかな黒い髪に、自分の指が吸い込まれる。

頭は少し湿っていて、それが現実感を与える。

本当に、愛しい人がここにいるのだ、と。

「もういいか……」

という呟きが響いて、指が引き抜かれる。

「乱暴にするが許せ」

今度ははっきりと宣言し、アンダードレスの絹がスリットから引き裂かれる。

腰で留めていたボタンも、その『乱暴』で弾け飛んだ。

残ったのはただ一枚の絹の布。

デュークスは身体を私の脚の間に移し、自分の前を開けた。

そこに何があるかはわかっていたので、視線を外す。けれど感触からは逃げられなかった。

デュークスが、私の顔の横に片手をついて身を乗り出す。

十分に濡れた場所に、ひたり、と熱が当たる。

「あ……」

わかっているから、緊張する。

前々世では何度も受け入れていたもの。

だから平気って思うのに……。

間一回喪女の人生を挟んでしまったから、怖い。

この世界で生きてきた年数をプラスすると、ほぼ五十年近く男性とこういうことをしたことがないのだもの。

タウラスは淡々と私を抱いていたけれど、デュークスは違う。

私に快感を与え続け、負荷のかからないようにと愛撫してくれていた。その上、今私を見下ろしている表情が違う。

整った綺麗な顔が歪んでいた。

熱い吐息を漏らし、陶酔するように私を見つめている。

乾いた唇をぺろりと舐める舌が扇情的で、わずかに覗（のぞ）いた犬歯が野性的で、『男』としての欲望があるのだと教えてくれる。

急に怖くなって、私はぎゅっと目を閉じた。

「リリアナ」

当てたまま、まだ挑まずに掛けてくる声が掠（かす）れている。

「目を開けろ」

クンッ、と催促するように当たっていたものが押し当てられる。

「ひぁ……」

擦り合っている場所が、収斂する。

まるで彼を求めるように蠢いてしまう。

「こ……怖い……」

「怖い？」

「初めてのようで……。あなたのことは覚えてるけど……、前と違うから……」

手で顔を隠して言い訳をする。

「前のことなど忘れろ」

少し怒った声。

「リリアナがデュークスに抱かれるのは初めてだろう。他の男の話などするな」

「でもあれもあなたで……」

「いいや、違う。俺はデュークス・ブレスト・キャクタクスだ。皇帝タウラスではない。愛し方はまだわからないが、俺はもう『愛』を知っている。愛しいと思うから、お前を求めている」

「……あ！」

彼が、近づく。

当たっているだけだったモノが、私の内を臨む。

「これは俺しか知らない身体だろう？」

グッ、と押し込まれ思わず開いた口からは、声も出なかった。

十分に解された場所に痛みはなく、初めての異物感に圧倒されるだけ。

微かな痛みがあったとしても、突き上げて来る圧迫感に押し流されてしまう。

「あ」

苦しくて、手を伸ばした。

掴むものがなくて、宙を彷徨(さまよ)った手は、彼の肩に落ちた。

「あ、あ、ぁ……」

私の身体の中に彼。

肉塊は躊躇(ためら)うことなく何度も突き上げる。

彼の肩を掴んだ手に力が籠もり、肌に爪を立ててしまう。

傷つけたくない、と思いながらも力が抜けない。

「や……ぁ……、は……ぁ……っ！」

奥に当たる。

また力が入る。

「う……」

首にされる噛みつくようなキス。

いいえ、キスではないわ。がっぷりと食まれている。そして謝罪するようにぺろりと舐められる。

それ自体も恥じらうほどの行為なのに、身の内にいる彼のことで頭はいっぱいだった。

デュークスの手が、乱れた私の髪を優しく撫でて整える。

その手が口元に近づき、唇をなぞって指先を口の中に入れる。

浅く入ってきた長い指に、舌が触れる。

彼の指だと思うと愛しくて、喘ぐために開いたままだった口の中でその指に舌を絡ませた。キャンディバーをしゃぶるように。

「色っぽいな……」

と漏らした彼の顔の方が、色っぽい。

奥に何度も当たっていたモノが、更に強く突き入れられてこじ開けられる。

「あぁ……っ！　だめ……っ」

ぎゅっとしがみついた私を、彼も抱き締めながら更に突き上げる。

「だめ……、奥……。だ……、あぁ……あ…ンッ」

彼を包む自分がヒクついているのがわかる。

自分の身体なのにコントロールができない。

ビクビクと、感じていることを彼に伝えてしまう。

「リリアナ……」

掠れた彼の声さえも愛撫となって私を痺れさせる。

「デュー……ぁ……」

繋がった場所から聞こえる湿った音に、恥ずかしくて顔が熱くなる。そんなにも感じて、溢れているのだと知らされて。

切れ切れの私の喘ぎ、荒い彼の呼吸。

熱を帯びる湿った身体。

頭が白く灼ける。

愛しさと快感が渦をなして二人を包む。

デュークスが深く私を穿ち、動きを止める。

私も動きを止めてしがみついたが、鼓動と共鳴した内壁は彼を包んでヒクついてしまう。

「お前を、愛せてよかった……」

もう一度、彼は私の中で動いた。

「あ……、あぁ……っ！」

大きな快感の波に呑まれて痙攣する私の身体を抱いたまま、彼が中に放つのがわかった。

自分の体温とは違う液体が内側から私を侵す。

そして……。

私は意識を手放した。

自分を抱いてくれる人にすべてを委ねて。

「愛している」

その一言を確かに耳にして……。


もしも、ということを考えるのはあまり建設的ではない。

けれどやはり、考えてしまうのは人としての性だろう。

もしも、私が『現代』を経てこないまま転生していたら、これほど図太い性格にはならなかったのではないだろうか？

痣を気にして、男性に対してはっきりとものを言うこともできず、婚約の使いが来た時に自分には瑕疵があると伝えていただろうし、デュークスの目の前で痣を晒す勇気もなかっただろう。

『現代』という、女性が強くあってもおかしくない、多少の肌の露出は気にしない時代を生きてきたから、彼に痣を見せた。

痣を見せたからこそ、デュークスの気を引くことができた。

もしも、私がケザルアの王女として生まれていたら、今頃どこか見知らぬ人に嫁がされていただろう。隣国であっても、デュークスが結婚を望んでいなかったから、彼との結婚の可能性は薄かった。

では逆に純然たるロレス男爵家の娘だったら？

アトモスは母を訪ねて来ることはなかったし、彼の姿がなければシモンが私に目を付けることはなかったはずだ。

たくさんの『もしも』が積み重なって、私達は再び出会うことができた。

何という僥倖。

この道を、この人生を進み続けてよかった。

リュシエーヌはタウラスを愛していた。

タウラスはリュシエーヌを愛していたかどうかがわからなかった。

必要と愛情は違う。

安らぎと愛情も、似てはいるけれど違うもの。

寄り添っているようで、すれ違っていた二人だった。

愛されたかった、愛したかったと思って終わりを迎えてしまった。

でも今度は違う。

私はデュークスを愛している。

デュークスも私を愛している。

求め合って、手を取り合って、ちゃんと愛を語ることができる。

だからもう『もしも』は考えない。

私達はこれから、『今』を生きてゆくだけだから。

二人で手を取り合って。

翌日の大使達との謁見には、私も同行するはずだった。

けれど、彼の甘い暴挙のせいで疲労が拭えず、私の代わりにシモンが同席することになった。

私が欠席しなければならない理由を、デュークスはシモンに教えなければならず、伝えたところで大目玉をくらったらしい。

「まだ『婚約』ですよ！」と。

デュークスは素直に頭を下げ、シモンに詫びたらしい。

どうにも我慢ができなかった。

もし昨夜リリアナを抱くことができなければ、きっと自分は何者にもなれなかっただろう。だから許して欲しい、と。

頭を下げた彼に、シモンは酷く驚き、それ以上はお叱りは受けなかったらしい。

「結婚式はなるべく早く行えるように調整します。が、お望みならば結婚誓約書だけは先に署名しておいた方がよいかもしれませんね」

諦めたように、そう言っただけらしい。

結婚式は国事行為。でも結婚は個人の自由だと、宰相らしからぬ言葉で。

そして更にその翌日、私が起き上がれるようになると、アトモスとの面会だ。

他の方々は謁見室での面会だったのだが、デュークスが特別に小ぶりな部屋を用意してくれた。小ぶりと言っても他国の王子を迎えるのに相応しい部屋だけれど。

シモンを同席させず、侍従やメイドなど余人を排除して三人だけの面会。

テーブルを挟んでデュークスとアトモスが座り、私はデュークスの隣に座った。

何とも居心地が悪く沈黙が続いた後、先に口を開いたのはアトモスだ。

「お加減はいかがです？　陛下」

落ち着いた声。

あの時、デュークスがおかしくなったのをはっきり見たのはアトモスだけだった。

その前のパーティ会場では王らしく、突然現れた時には幽鬼のような姿を見た後に、話すこともかなわず蹲（うずくま）った彼を見たのだから、気遣うのは当然だろう。

「あの時は、大変申し訳なかった」

デュークスも静かな声で返す。

「愛する婚約者の間男と誤解して、頭に血が上ってしまいましてね」

でも表情はいつもの、ちょっとクセのある笑顔だ。

「そう誤解させる言葉が聞こえていたので」

普通は他人の婚約者にあんなこと言わないですよね、と言外に言っている。

アトモスもそこは反省しているのだろう、何とも言えない顔で「失礼した」と謝罪した。

「だがあれは……」

と彼が続けようとしたのに被(かぶ)せて、デュークスが続ける。

「私は相手が誰であっても、リリアナに近づく男に嫉妬するほど心が狭いのですよ。彼女を失ったら生きていけないくらいに愛しているもので」

言ってから、私の方に向かって微笑みかけ更に続けた。

それを事実と認めてもいいけれど、未だ公にはできないとはいえ兄である人の前で言われるのは恥ずかしい。

「ですから、どうぞ言動にはご注意ください。彼女にあらぬ噂が立っても困りますし」

これは暗に『無闇に兄妹とか言うんじゃないぞ』ってことね。

愛する母を失い、父や他の兄弟に気持ちの向かないアトモスにはきつい言葉だろう。

執り成してもらおうと口を開きかけたが、その前に彼から提案があった。

「ご子息の前ではあるが、ケザルアの今の王と付き合うのに迷いがある。好人物とは言い難いのはおわかりでしょう?」

「そう言われると、反論できませんね……」

「だが、アトモス殿は別だ。あなたとは親しくしてもよいかと思っている。よければ、私と友人にでもなりますか？　その気があるなら、暫く我が城に滞在なさるといい」

「え？」

「妻に言い寄られては困るが、男同士の友情ならば問題はない。リリアナに子供が産まれたら、会いに来る理由にもなろう」

アトモスは彼の言葉に驚き、それから私を見た。

全て話しました、というように頷いて見せる。

デュークスと話し合って、私がアトモスの妹で、ケザルアの王女かもしれないということは伏せることにした。

確定ではないし、他人に知られれば面倒なだけだもの。ケザルアの王が、私を政治の道具と扱いだしても困る。

まだ早いけれど、もし私に子供が産まれたら、ケザルアの血統だと言い出したら大変だ。

けれどアトモスとの親交は続けたいという気持ちもあると言ったら、彼が自分の友人としての出入りなら他の者に怪しまれないだろうと譲歩してくれた。

もっとも、私としてはもっと穏便な言い方で、ちゃんと事情を説明しながら話をしてくれるのだと思っていたのだけれど。

「それは……、嬉しい限りですが、婚約者殿に一つお尋ねしても？」

「ここで、私が聞いていてよいなら」

「かまいません」

アトモスの視線が私に向けられる。

「リリアナ殿、あなたはお幸せですか？」

彼の心配はわかっていた。

あの時も訊かれたように、男爵令嬢の私が強引に結婚をさせられているのでは、ということだ。

だから私はにっこりと微笑んで答えた。

「もちろん幸せですわ。出会った時には突然の婚約なんて迷惑な話と思っておりましたが、今ではデュークス様と心を通わせることができて、この上ない幸福です」

『迷惑な話』と言ったのは、そんな失礼な事を本人の前でも口にできるくらい、私は自由だと示すためだ。

自由な身でありながら、ここにいることを選んだのだ、と。

「彼を愛している？」

「はい」

自信満々で答えると、アトモスはやっと微笑んだ。

「そうか……。それならば、心からおめでとうと言わせてください」

「ありがとうございます。アトモス様からの祝福は、『まるで兄からの祝福』を受けているようで、とても嬉しいですわ」

本当は、兄と口にしてはいけないのかもしれない。だとしても、出会ってから今日まで、妹のように接してくれたアトモスを『兄』と思うのは本心だった。

「是非、結婚式にも出席してください。デュークスは礼儀にも欠けますし、扱いの難しい人ですけれど、きっと仲良くなれると思います。お二人とも『善き王』を目指している方ですもの。これからは手を携えて互いの国民のためにご尽力くださいませ」

「扱いは難しいですか？」

「子供っぽいところがありますの」

「それは知らなかった」

私の言葉を信じてくれたのだろう、アトモスの笑みは清々(すがすが)しいものだった。

それから、アトモスが興味を持っていた病院や護岸工事の話などをした。

他にも監査機関の話、私に付ける女性騎士団の話、これから始める道路整備や孤児院や橋梁(きょうりょう)建設の話などもした。

アトモスはこれ等にもとても興味を持ったようで、熱心に聞き入っていた。

途中でデュークスが戸惑ってしまうほどに。

「貴殿は俺が思っていたより善い王らしい」

せっかく王様らしく『私』と言っていたのに、ついに自分を『俺』呼びしてしている。

「お褒めの言葉と受け取りましょう。あなたも、私が想像していたよりもずっと愛情深い賢王だと思います」

「賢王かどうかはわからんが、愛情深いと言われることは嬉しいものだ」

謙遜ではなく、それは本音。

愛を知っている、と言われることがきっと彼にとって一番嬉しいことなのだろう。

「アトモス殿と意見を戦わせるのは大変楽しいが、いささか疲れた。後で宰相に言って関連の書類を部屋へ届けさせるから、続きは明日にしよう」

「書類まで見せてくださるのですか？」

「貴殿が父親には報告しないと誓うなら」

にやり、とデュークスが笑うと、アトモスも私が見たことのない狡猾な笑みを浮かべた。

「『第一王子』は父の言うなりですが、美しい妹を持つ『兄』は一応牙も爪も持っております」

ああ、この人も王になる人なのだなあ、と初めて思った。

私の前では穏やかでおとなしい人だったのに。

人は、誰も知らない面を持っているものなのね。

「ではまた明日」

二人は立ち上がって、固く握手を交わした。

黒髪の凛々しいデュークスと、金髪の麗しいアトモスが並び立つ姿は目の保養だ。

「リリアナ様、どうかお幸せに。心からお祈りしております」

私も握手を交わし、三人で部屋を出て、途中で別れた。

アトモスが背を向けた途端、デュークスが私の肩を抱く。

「強い男だな」

「アトモス様？」

「傲慢な父に負けず己を持っている。あの強さがあれば……」

一瞬遠い目をした彼は、きっと父親の呪縛に負けたタウラスを思い出しているのだろう。

「あなたは、ご両親に愛されたのでしょう？」

私が言うと、彼は視線をこちらに向けて微笑んだ。

「ああ。父は怒ると怖いが、優しい人だった。身体が弱く剣は習わなかったが帝王学は丁寧に教えていただいた」

「これからは、私の父もあなたのお父様になるのよ。父も優しい人だわ」

「だろうな、お前を見ているとわかる。ロレス領へ行ったら、ゆっくり話したい」

「是非」

部屋へは戻らず、彼は庭へ私を誘った。

庭師が今の季節に合わせた花を植えているので、歩いているそこここに花が咲き誇っている。花の甘い匂いが微かに漂い、時々吹き渡る風が心地よい。

「こんなふうに、ただ歩くだけのことが楽しいとは思わなかった」

ドレスの私に歩調を合わせてゆっくり歩いてくれながら、植え込みの間の小道を進む彼が呟いた。

「会いたい、その顔を見たいと思っても、何をすればいいのかわからなかった。茶を飲もうという目的がなければ、どうやって誘っていいのかもわからなかった。二人きりになりたいと思っても、王である限り誰かが側にいる。寝室ならばと思ったが、あまり歓迎はされていなかったな」

歓迎してないというわけでは……、と言いかけてやめた。突然寝室に現れる彼に困っていたのは事実なので。

これからはきっと、歓迎するだろう。

でもそう言って勝手に入られても困るかな、と思ったところで小さな四阿(あずまや)が目に入った。

石造りのテーブルとベンチだけがある休息所。ここに連れてきたかったのね。

思った通り、彼はそちらへ向かいベンチに私を座らせた。

花を付けた植え込みに囲まれ、人の目が届かず静かな場所だ。

「素敵なところね」

「母がよく、父と二人で過ごしていた。……それを真似ただけだ」

私が褒めると、彼は気の抜けたような、笑いを浮かべた。

自信なさそうに。

「俺は愛は知ったと思うが、愛し方はまだわからない。何をすれば愛しているのだと伝えられるのかも。……アトモス殿なら、もっと上手くできそうだな」

らしくない言葉に、胸が痛む。

愛がわからなかった、という傷は彼の心の中に深く残っているのだと知って。

「愛し方なんて、私にだってわかりませんわ」

「リリアナ?」

「デュークスが誰かから聞いた、宝石やドレスを贈れば女性は喜ぶという話、きっと他の女性ならばそうなのでしょう。でも私は違う」

隣に座る彼の手を、強く握る。

「愛し方なんて、人それぞれ。相手が何を望んでいるかなんて別々です。私はずっとあなたの側にいたいけれど、側にいるとうっとうしいと思う人もいるでしょう」

「俺は側にいて欲しい。誰にも渡さないし、どこにも行かせない」

手が、強く握り返される。

たったそれだけで胸の痛みが消え、熱くなるのをこの人は知らない。

「重い、か?」

自嘲するような笑顔に表情が固まる。

それがまた彼を臆病にさせたようで、彼の表情が曇った。

違うの、あなたにそれ程望まれると思っていなかったから、あなたが相手の気持ちを考えて言葉をくれたから、驚いただけなの。

「愛している、と言いました」

笑顔で、彼の目を見つめる。

「私はデュークスが愛してるから私にしたいと思ったことをしてくれれば、それだけで愛されているのだと感じます」

「どんなことでも？」

「嫌なら、嫌と言います。何でも受け入れる女じゃないとわかっているでしょう？」

私が笑うと、あなたも笑う。

それだけで嬉しいとわかって欲しい。

「抱き締めても？」

「どうぞ」

握っていた手は離れるけれど、腕は私の身体を包み、抱き寄せられる。

私も、彼の背に腕を回し身体を預ける。

「キスしても？」

耳元で囁かれ、「ええ」と答えるとしっとりとした優しい口づけが与えられる。

「愛し方なんて、これから自分達で考えればいいのですわ。愛してると思ってさえくだされば、私はとても幸福なので……」

話しているのに、またキスされる。

何度も、何度も。

迫る彼が私をベンチに押し付けて、更に深いキスをする。

彼が離れてくれた時には、ほうっと吐息が漏れてしまつた。

甘い空気に酔いしれていると、再び近づいて来た彼が私のドレスの肩を落とそうとしたので、慌てその身体を押し戻した。

「でも節度は必要です！」

真っ赤になって逃げると、彼は軽く指先だけで私の肩を叩いた。

「痣が薄くなっている」

「え？」

「後で鏡で見てみろ。うっすらとピンク色に染まっているだけだ」

本当に？

後悔が痣を残していたから、愛されてそれが消えてくれるのかしら？　だとしたらとても嬉しい。

「淡く色づいているのもいい」

喜びに気を抜くと、少し露になった肩に唇が寄せられる。柔らかな感触に身体がビクッと震えてしまった。

「デュークス！」

「愛していると思ってすることなら、許すのだろう？」

抗議しても勝ち誇ったような笑みを返される。

……これで愛し方がわからないなんて言わないで欲しい。

甘すぎるほど、愛し方を知っているじゃない。

「嫌か？」

その笑顔のまま訊いてくるところも、あざとい。

嫌って言われるなんて、思ってもいないんでしょう？

翻弄されるのは悔しいけれど、その甘さに負けてしまう。

彼の背中できゅっと服を掴み、こう言うのがせいぜいだわ。

「……心臓がもたないので、手加減してください」

「考慮しよう」

だって、何度生まれ変わってもこの人にたどり着いてしまうほど、彼を愛しているのだから……。

あとがき

初めまして、もしくはお久し振りでございます。火崎勇です。

この度は『転生した男爵令嬢は国王陛下の28人目の婚約者に選ばれました　陛下、今度の人生は溺愛されたいです』をお手にとっていただき、ありがとうございます。

イラストのなおやみか様、素敵なイラストありがとうございます。担当のN様、色々とありがとうございました。

さて、今回のお話、いかがでしたでしょうか？　ここからはネタバレがありますので、お嫌な方は後でお読みください。


色々あってやっと結ばれたデュークスとリリアナ。

もちろんですが、前世も二人は愛し合っておりました。ただデュークスが愛を知らなかったので、自分の気持ちに名前を付けられなかったのです。

そして彼女も愛されていないと思っていて、所謂両片想いだったのですね。

でも今世は違います。

二人共ちゃんと相手を愛してる、愛されてるとわかっているので、甘々ラブラブです。

というか、デュークスは前世を含めて今迄の分を取り戻そうと溺愛モード。元々Sっ気があるでガンガン攻めるでしょう。

ではこれからはどうなるのでしょうか？

アトモスはデュークスと友人になり、妹を可愛がる。デュークスは頭でわかっていてもリリアナが他の男といると嫉妬する。微妙な三角関係になりそうです。（笑）

その一方、準備で結婚までまだ時間があるので、王と王子二人を虜にしてると思われて独身のリリアナが他の男に迫られたりして。

そうですね、他国の王子とか？

デュークスの行う政治の発案者が彼女だとバレると強引な手段に出るかも。しかし、未来の旦那様とシスコン気味の兄が共闘してその男を完膚なきまでに叩きのめす。

というわけで、リリアナは二人の溺愛に包まれてきっと幸せです。

それではそろそろ時間となりました。またの会う日を楽しみに、皆様御機嫌好う。

火崎　勇

ガブリエラブックス好評発売中

gabriella books

転生して村娘からスタートしたのに運命の王子様と出会ってしまいました

火崎 勇　イラスト：旭炬／ 四六判

ISBN:978-4-8155-4092-0

「お前が欲しい。他の誰かのものになる前に」

菓子の販売員だった前世の記憶を思い出した村娘ユリアは、ある日、流行病を避け村に来た王子アイザックと出会い、互いに好意を持つ。だが彼は王都に戻り、ユリアはワケ有りの貴族、レオリアに引き取られて離ればなれに。「私にもう一度お前を手放せと言うのか?」王城でアイザックと再会し、誤解とすれ違いの末に心を通わせた二人だが、貴族ではないユリアとアイザックでは身分が違いすぎて—!?

ガブリエラブックスをお買い上げいただきありがとうございます。
火崎 勇先生・なおやみか先生へのファンレターはこちらへお送りください。

〒110-0016　東京都台東区台東4-27-5（株）メディアソフト
ガブリエラブックス編集部気付　火崎 勇先生／なおやみか先生 宛

MGB-081

転生した男爵令嬢は、国王陛下の28人目の婚約者に選ばれました

陛下、今度の人生は溺愛されたいです

2023年3月15日 第1刷発行

著　者　火崎 勇（ひざき ゆう）

装　画　なおやみか

発行人　日向晶

発　行　株式会社メディアソフト
〒110-0016
東京都台東区台東4-27-5
TEL：03-5688-7559　FAX：03-5688-3512
http://www.media-soft.biz/

発　売　株式会社三交社
〒110-0015
東京都台東区東上野1-7-15
ヒューリック東上野一丁目ビル３階
TEL：03-5826-4424　FAX：03-5826-4425
http://www.sanko-sha.com/

印　刷　中央精版印刷株式会社

フォーマットデザイン　小石川ふに（deconeco）

装　丁　齊藤陽子（CoCo. Design）

ISBN 978-4-8155-4307-5